밤길 외

한국문학산책 07 중·단편 소설

밤길 외

지은이 이태준
엮은이 김성해
펴낸이 안용백
펴낸곳 (주)넥서스

초판 1쇄 인쇄 2013년 2월 5일
초판 1쇄 발행 2013년 2월 10일

출판신고 1992년 4월 3일 제311-2002-2호
121-840 서울시 마포구 서교동 394-2
Tel (02)330-5500 Fax (02)330-5555

ISBN   978-89-6790-030-4   04810

출판사의 허락없이 내용의 일부를
인용하거나 발췌하는 것을 금합니다.

가격은 뒤표지에 있습니다.
잘못 만들어진 책은 구입처에서 바꾸어 드립니다.

www.nexusbook.com
지식의 숲은 (주)넥서스의 인문교양 브랜드입니다.

한국문학산책 07
중·단편 소설

이태준
밤길 외

김성해 엮음·해설

지식의숲

* 일러두기

1. 시대 분위기와 작가의 개성이 드러나는 문장이나 방언, 속어, 고어 등은 원문 표
   기를 따랐다.

2. 원본 한자는 한글로 바꾸고 작품의 이해에 필요한 경우에만 한자를 병기하였다.

3. 독자들의 이해를 높이기 위해 필요한 경우 괄호 속에 뜻풀이를 달았다.

차 례

해방 전후

-한 작가의 수기-

　　호출장(呼出狀)이란 것이 너무 자극적이어서 시달서(示達書)라 이름을 바꾸었다고는 하나, 무슨 이름의 쪽지이든, 그 긴치 않은 심부름이란 듯이 파출소 순사가 거만하게 던지고 간, 본서(本署)에의 출두 명령은 한결같이 불쾌한 것이었다. 현 자신보다도 먼저 얼굴빛이 달라지는 아내에게는 으레 심상한 체하면서도 속으로는 정도 이상 불안스러워 오라는 것이 내일 아침이지만 이 길로 가 진작 때우고 싶은 것이, 그래서 이날은 아무 일도 손에 잡히지 않고, 밥맛이 없고, 설치는 밤잠에 꿈자리조차 뒤숭숭한 것이 소심한 편인 현으로는 '호출장' 때나 '시달서' 때나 마찬가지곤 했다.

현은 무슨 사상가도, 주의자도, 무슨 전과자도 아니었다. 시골 청년들이 어떤 사건으로 잡히어서 가택 수색을 당할 때 그의 저서가 한두 가지 나온다든지, 편지 왕래한 것이 한두 장 붉어진다든지, 서울 가서 누구를 만나 보았느냐는 심문에 현의 이름이 끌려든다든지 해서, 청년들에게 제법 무슨 사상지도나 하고 있지 않나 하는 혐의로 가끔 오너라 가너라 하기 시작한 것이 인젠 저들의 수첩에 준요시찰인(準要視察人) 정도로는 오른 모양인데 구금(拘禁)을 할 정도라면 당장 데려갈 것이지 호출장이니 시달서니가 아닐 것은 짐작하면서도 번번이 불안스러웠고, 더욱 이번에는 은근히 마음 쓰이는 것이 없지도 않았다. 일반지원병제도와 학생특별지원병제도 때문에 뜻 아닌 죽음이기보다, 뜻 아닌 살인, 살인이라도 내 민족에게 유일한 희망을 주고 있는 중국이나 영미나 소련의 우군(友軍)을 죽여야 하는, 그리고 내 몸이 죽되 원수 일본을 위하는 죽음이 되어야 하는, 이 모순된 번민으로 행여나 무슨 해결을 얻을까 해서 더듬고 더듬다가는 한낱 소설가인 현을 찾아와 준 청년도 한둘이 아니었다.

현은 하루 이틀 동안에 극도의 신경 쇠약이 된 청년도 보았고, 다녀간 지 한 주일 뒤에 자살하는 유서를 보내 온 청년도 있었다. 이런 심각한 민족의 번민을 현은 제 몸만이 학병 자신이 아니라 해서 혼자 뒷날을 사려해 가며 같은 불행한 형제로서의 울분을 절제할 수는 없었다. 때로는 전혀 초면들이라 저 사람이 내 속을 떠보려는 밀정이 아닌가 의심하면서도, 그런 의심부터가 용서될 수 없다는 자책으로 현은 아무리 낯선 청년에게라도 일러 주고 싶은 말은 한마디도 굽히거나 남긴 적이 없는 흥분이곤 했다. 그들을 보내고 고요한 서재에서 아직도 상기된 현의 얼굴은 그예 무슨 일을 저지르고 만 불안이었고 이왕 불안일 바엔, 이왕 저지르는 바엔 이 한 걸음 한 걸음 절박해 오는 민족의 최후에 있어 좀 더 보람 있는 저지름을 하고 싶은 충동도 없지 않았으나 그 자신이 아무런 준비도 없었고 너무나 오랫동안 굳어 버린 성격의 껍데기는 여간 힘으로는 제 자신이 깨트리고 솟아날 수가 없었다. 그의 최근작인 어느 단편 끝에서,

'한 사조(思潮)의 밑에 잠겨 사는 것도 한 물 밑에 사는 넋일 것이다. 상전벽해(桑田碧海)라 일러는 오나 모든 게 따로 대세의 운행이 있을 뿐 처음부터 자갈을 날라 메꾸듯 할 수는 없을 것이다.'
라고 한 구절을 되뇌면서 자기를 헐가로 규정해 버리는 쓴웃음을 지을 뿐이었다.

"당신은 메칠 안 남았다고 하지만 특공댄지 정신댄지 고 악지 센 것들이 끝까지 일인일함(一人一艦)으로 뻗댄다면 아무리 물

자 많은 미국이라도 일본 병정 수효만치야 군함을 만들 수 없을 거요. 일본이 망하기란 하늘에 별 따기 같은 걸 기다리나 보오!"

현의 아내는 이날도 보송보송해 잠들지 못하는 남편더러 집을 팔고 시골로 가자 하였다. 시골 중에도 관청에서 동뜬 두메로 들어가 자농(自農)이라도 하면서 하루라도 마음 편하고 배불리 살다 죽자 하였다. 그런 생각은 아내가 꼬드기기 전에 현도 미리부터 궁리하던 것이다. 지금 외국으로는 나갈 수 없고 어디고 일본 하늘 밑인 바에야 그야말로 민불견리(民不見吏), 야불구폐(夜不狗吠)의 요순(堯舜) 때 농촌이 어느 구석에 남아 있을 것인가? 그런 도원경(桃源境)이 없다 해서 언제까지나 서울서 견딜 수 있느냐 하면 그런 것도 아니고 소위 시국물(時局物)이나 일문(日文)에의 전향이라면 차라리 붓을 꺾어 버리려는 현으로는 이미 생계에 꿀리는 지 오래며 앞으로 쳐다볼 것은 집밖에 없는데, 집을 건드릴 바에는 곶감 꼬치로 없애기보다 시골로 가다만 몇 마지기라도 땅을 잡아야 한다는 것이 상책이긴 하다. 그러나 성격의 껍데기를 깨치기처럼 생활의 껍데기를 갈아 본다는 것도 그리 쉬운 일이 아니었다.

"좀 더 정세를 봅시다."

이것이 가족들에게 무능하다는 공격을 일 년이나 두고 받아오는 현의 태도였다.

동대문서 고등계의 현의 담임인 스루다 형사는 과히 인상이 험한 사나이는 아니다. 저희 주임만 없으면 먼저 조선말로 '별일은 없습니다만 또 오시래 미안합니다.'쯤 인사도 하곤 하는데 이날은 뒷박이마에 옴팡눈인 주임이 딱 뻗치고 앉아 있어 스루다까지도 현의 한참씩이나 수그리는 인사는 본 체 안 하고 눈짓으로 옆에 놓인 의자만 가리키었다.

　현은 모자가 아직 그들과 같은 국방모(國防帽)가 아님을 민망히 주무르면서 단정히 앉았다. 형사는 무엇 쓰던 것을 한참 만에야 끝내더니 요즘 무엇을 하느냐 물었다. 별로 하는 일이 없노라 하니 무엇을 할 작정이냐 따진다. '글쎄요.' 하고 없는 정을 있는 듯이 웃어 보이니 그는 힐끗 저의 주임을 돌려 보았다. 주임은 무엇인지 서류에 도장 찍기에 골똘해 있다. 형사는 그제야 무슨 뚜껑 있는 서류를 끄집어내어 뚜껑으로 가리고 저만 들여다보면서 이렇게 물었다.

　"시국을 위해 왜 아무것도 안 하십니까?"

　"나 같은 사람이 무슨 힘이 있습니까?"

　"그러지 말구 뭘 좀 허십시오. 사실인즉 도 경찰부에서 현 선생 같으신 몇 분에게, 시국에 협력하는 무슨 일을 한 것이 있는가? 하면서 장차 어떤 방면으로 시국 협력에 가능성이 있는가? 생활비가 어디서 나오는가? 이런 걸 조사해 올리란 긴급 지시가 온 겁니다."

"글쎄올시다."

하고 현은 더욱 민망해 스루다의 얼굴만 쳐다볼 수밖에 없었다.

"그래두 뭘 허신다구 보고가 돼야 좋을걸요. 그 허기 쉬운 창
씬 왜 안 허시나요?"

수속이 힘들어 못 하는 줄로 딱해하는 스루다에게 현은 역시
이것에 관해서도 대답할 말이 없었다.

"우리 따위 하층 경관이야 뭘 알겠습니까만, 인전 누구 한 사
람 방관적 태도는 용서되지 않을 겁니다."

"잘 보신 말씀입니다."

현은 우선 이번의 호출도 그 강압 관념에서 불안해하던 구금
이 아닌 것만 다행히 알면서 우물쭈물하던 끝에,

"그렇지 않아도 쉬 뭘 한 가지 해 보려던 참입니다. 좋도록 보고
해 주십시오."

하고 물러나왔고, 나오는 길로 그는 어느 출판사로 갔다. 그 출
판사의 주문이기보다 그곳 주간(主幹)을 통해 나온 경무국(警
務局)의 지시라는, 그뿐만 아니라 문인 시국 강연회 때 혼자 조
선말로 했고 그나마 마지못해《춘향전》한 구절만 읽은 것이 군
(軍)에서 말썽이 되니 이것으로라도 얼른 한 가지 성의를 보여
야 좋으리라는《대동아전기(大東亞戰記)》의 번역을 현은 더 망

설이지 못하고 맡은 것이다.

심란한 남편의 심정을 동정해 아내는 어느 날보다도 정성들여 깨끗이 치운 서재에 일본 신문의 기리누키를 한 뭉텅이 쏟아놓을 때, 현은 일찍 자기 서재에서 이처럼 지저분함을 느껴 본 적이 없었다.

'철 알기 시작하면서부터 굴욕만으로 살아온 인생 사십, 사랑의 열락도 청춘의 영광도 예술의 명예도 우리에겐 없었다. 일본의 패전기라면 몰라 일본에 유리한 전기(戰記)를 내 손으로 주무르는 건 무엇 때문인가?'

현은 정말 살고 싶었다. 살고 싶다기보다 살아 견디어 내고 싶었다. 조국의 적일 뿐 아니라 인류의 적이요 문화의 적인 나치스의 타도를 오직 사회주의에 기대하던 독일의 한 시인은 몰로토프가 히틀러와 악수를 하고 독소중립조약(獨蘇中立條約)이 성립되는 것을 보고는 그만 단순한 생각에 절망하고 자살하였다 한다.

'그 시인의 판단은 경솔하였던 것이다. 지금 독·소는 싸우고 있지 않은가? 미·영·중도 일본과 싸우고 있다. 연합군의 승리를 믿자! 정의와 역사의 법칙을 믿자! 정의와 역사의 법칙이 인류를 배반한다면 그때 절망하여도 늦지 않을 것이다!'

현은 집을 팔지는 않았다. 구라파에서 제이전선이 아직 전개

되지 않았고 태평양에서 일본군이 아직 라바울을 지킨다고는 하나 멀어야 이삼 년이겠지 하는 심산으로 집을 최대한도로 잡혀만 가지고 서울을 떠난 것이다. 그곳 공의(公醫)를 아는 것이 반연으로 강원도 어느 산읍이었다. 철도에서 팔십 리를 버스로 들어오는 곳이요, 예전엔 현감(縣監)이 있었던 곳이나 지금은 면소와 주재소뿐의 한적한 구읍이다. 어느 시골서나 공의는 관리들과 무관하니 무엇보다 그 덕으로 징용이나 면할까 함이요, 다음으로 잡곡의 소산지니 식량 해결을 위해서요, 그리고는 가까이 임진강 상류가 있어 낚시질로 세월을 기다릴 수 있음도 현이 그곳을 택한 이유의 하나였다.

그러나 와서 실정에 부딪혀 보니 이 세 가지는 하나도 탐탁한 것은 아니었다. 면사무소엔 상장(賞狀)이 십여 개나 걸려 있는 모범 면장으로 나라에선 상을 타나, 백성에겐 그만치 원망을 사는 이 시대의 모순을 이 면장이라고 예외일 리 없어 성미가 강직해 바른말을 잘 쏘는 공의와는 사이가 일찍부터 틀린 데다가, 공의는 육 개월이나 장기간 강습으로 이내 서울 가 버리고 말았으니 징용 면할 길이 보장되지 못했고 그 외에 아는 사람이라고는 공의의 소개로 처음 지면한 향교 직원으로 있는 분인데 일 년에 단 두 번 춘추 제향 때나 고을 사람들의 기억에서 살아나는 '김 직원님'으로는 친구네 양식은커녕 자기 식구 때문에도 손이 흰, 현실적으로는 현이나 마찬가지의, 아직도 상투가 있는 구식 노인인 선비였다.

낚시터도 처음 와 볼 때는 지척 같더니 자주 다니기엔 거의 십 리나 되는 고달픈 길일 뿐 아니라 하필 주재소 앞을 지나야 나가게 되었고 부장님이나 순사 나리의 눈을 피하려면 길도 없는 산등성이 하나를 넘어야 되는데 하루는 우편국 모퉁이에서 넌지시 살펴보니 가네무라라는 조선 순사가 눈에 띄었다. 현은 낚시 도구부터 질겁을 해 뒤로 감추며 한 걸음 물러서 바라보니 촌사람들이 무슨 나무껍질 벗겨 온 것을 면서기들과 함께 점검하는 모양이다. 웃통은 속옷 바람이나 다리는 각반을 차고 칼을 차고 회초리를 들고 이 사람 저 사람에게 거드름을 부리고 있었다. 빨리 끝날 것 같지 않아 현은 이번도 다시 돌아서 뒷산 등을 넘기로 하였다.

길도 없는 가닥숲을 제치며 비 뒤의 미끄러운 비탈을 한참이나 헤매어서 비로소 평퍼짐한 중턱에 올라설 때다. 멀지 않은 시야에 곰처럼 시커먼 것이 우뚝 마주 서는 것은 순사 부장이다. 현은 산짐승에게보다 더 놀라 들었던 두 손의 낚시 도구를 이번에는 펄쩍 놓아 버리었다.

"당신 어데 가오?"

현의 눈에 부장은 눈까지 부릅뜨는 것으로 보였다.

"네, 바람 좀 쏘이러요."

그제야 현은 대팻밥모자를 벗으며 인사를 하였으나 부장은 이미 딴 쪽을 바라보는 때였다. 부장이 바라보는 쪽에는 면장도 서 있었고 자세히 보니 남향하여 큰 정구(庭球) 코트만치 장방형으로 새끼줄이 치어져 있는데 부장과 면장의 대화로 보아 신사(神社) 터를 잡는 눈치였다. 현은 말뚝처럼 우뚝이 섰을 뿐 어찌해야 좋을지 몰랐다. 놓아 버린 낚시 도구를 집어 올릴 용기도 없거니와 집어 올린댔자 새끼줄을 두 번이나 넘으면서 신사터를 지나갈 용기는 더욱 없었다. 게다가 부장도 면장도 무어라고 수군거리며 가끔 현을 돌아다본다. 꽃이라도 있으면 한 가지 꺾어 드는 체하겠는데 패랭이꽃 한 송이 눈에 띄지 않는다. 얼마 만에야 부장과 면장이 일시에 딴 쪽을 향하는 틈을 타서 수갑에 채였던 것 같던 현의 손은 날쌔게 그 시국에 태만한 증거물들을 집어 들고 허둥지둥 그만 집으로 내려오고 만 것이다.

"아버지 왜 낚시질 안 가구 도루 오슈?"

현은 아이들에게 대답할 말이 미처 생각나지도 않았거니와 그보다 먼저 현의 뒤를 따라온 듯한 이웃집 아이 한 녀석이,

"너희 아버지 부장헌테 들켜서 도루 온단다."

하는 것이었다.

낚시질을 못 가는 날은 현은 책을 보거나 그렇지 않으면 김

직원을 찾아갔고 김 직원도 현이 강에 나가지 않았음직한 날은 으레 찾아왔다. 상종한다기보다 모시어 볼수록 깨끗한 노인이요, 이 고을에선 엄연히 존경을 받아야 옳을 유일한 인격자요 지사였다. 현은 가끔 기인여옥(其人如玉)이란 이런 이를 가리킴이라 느끼었다. 기미년 삼일운동 때 감옥살이로 서울에 끌려왔었을 뿐, 조선이 망한 이후 한 번도 자의로는 총독부가 생긴 서울엔 오기를 피한 이다. 창씨를 안 하고 견디는 것은 물론, 감옥에서 나오는 날부터 다시 상투요 갓이었다. 현과는 워낙 수십 년 연장(年長)인 데다 현이 한문이 부치어 그분이 지은 시를 알지 못하고, 그분이 신문학에 무관심하여 현대 문학을 논담하지 못하는 것엔 서로 유감일 뿐, 불행한 족속으로서 억천 암흑 속에 일루의 광명을 향해 남몰래 더듬는 그 간곡한 심정의 촉수만은 말하지 않아도 서로 굳게 합하고도 남아 한두 번 만남으로 서로 간담을 비추는 사이가 되었다.

하루 저녁은 주름 잡히었으나 정채 돋는 두 눈에 눈물이 마르지 않은 채 찾아왔다. 현은 아끼는 촛불을 켜고 맞았다.

"내 오늘 다 큰 조카자식을 행길에서 매질을 했소."

김 직원은 그저 손이 부들부들 떨고 있었다. 조카 하나가 면서기로 다니는데 그의 매부, 즉 이분의 조카사위 되는 청년이 일본으로 징용당해 가던 도중에 도망해 왔다. 몸을 피해 처가에

온 것을 이곳 면장이 알고 처남더러 잡아오라 했다. 이 기미를
안 매부 청년은 산으로 뛰어 올라갔다. 처남 청년은 경방단의
응원을 얻어 산을 에워싸고 토끼 잡듯 붙들어다 주재소로 넘기
었다는 것이다.

"강박한 처남이로군!"

현도 탄식하였다.

"잡아 오지 못하면 네가 대신 가야 한다고 다짐을 받았답디다
만 대신 가기루서 제 집으로 피해 온 명색이 매부 녀석을 경방
단들을 끌구 올라가 돌팔매질을 하면서꺼정 붙들어다 함정에
넣어야 옳소? 지금 젊은 놈들은 쓸개가 없습네다!"

"그러니 지금 세상에 부모기로니 그걸 어떻게 공공연히 책망
하십니까?"

"분해 견딜 수가 있소! 면소서 나오는 놈을 노상이면 어떻소.
잠자코 한참 대설대가 끊어져 나가도록 패 주었지요. 맞는 제
놈도 까닭을 알 게고 보는 사람들도 아는 놈은 알았겠지만 알면
대사요."

이날은 현도 우울한 일이 있었다. 서울 문인 보국회(文人報國
會)에서 문인 궐기 대회가 있으니 올라오라는 전보가 온 것이
다. 현에게는 엽서 한 장이 와도 먼저 알고 있는 주재소에서 장
문 전보가 온 것을 모를 리 없고 일본 제국의 흥망이 절박한 이

때 문인들의 궐기 대회에 밤낮 낚시질만 다니는 이자가 응하느냐 안 응하느냐는 주재소뿐 아니라 일본인이요, 방공 감시 초장인 우편 국장까지도 흥미를 가진 듯, 현의 딸아이가 저녁 때 편지 부치러 나갔더니, 너희 아버지 내일 서울 가시느냐 묻더라는 것이다.

김 직원은 처음엔 현더러 문인 궐기 대회에 가지 말라 하였다. 가지 말라는 말을 들으니 현은 가지 않기가 도리어 겁이 났다. 그랬는데 다음 날 두 번째 또 그다음 날 세 번째의 좌우간 답전을 하라는 독촉 전보를 받았다. 이것을 안 김 직원은 그날 일찍이 현을 찾아왔다.

"우리 따위 노혼한 것들이야 새 세상을 만난들 무슨 소용이리까만 현공 같은 젊은이는 어떡하든 부지했다가 그예 한몫 맡아 주시오. 그러자면 웬만한 일이건 과히 뻗대지 맙시다. 징용만 면헐 도리를 해요."

그리고 이날은 가네무라 순사가 나타나서, 이틀밖에 안 남았는데 언제 떠나느냐, 떠나면 여행 증명을 해 가지고 가야 하지 않느냐, 만일 안 떠나면 참석 안 하는 이유는 무엇이냐, 나중에는, 서울 가면 자기의 회중시계 수선을 좀 부탁하겠다 하고 갔다. 현은 역시,

'살고 싶다!'

또 한 번 비명을 하고 하루를 앞두고 가네무라 순사의 수선할 시계를 맡아 가지고 궂은비 뿌리는 날 서울 문인 보국회로 올라온 것이다.

현에게 전보를 세 번씩이나 친 것은 까닭이 있었다. 얼마 전에 시국 협력을 달갑게 여기지 않는 중견층 칠팔 인을 문인 보국회 간부급 몇 사람이 정보 과장과 하루 저녁의 합석을 알선한 일이 있었는데 그날 저녁에 현만은 참석하지 못했으므로 이번 대회에 특히 순서 하나를 맡기게 되면 현을 위해서도 생색이려니와 그 간부급 몇 사람의 성의도 드러나는 것이었다. 현더러 소설부를 대표해 무슨 진언(進言)을 하라는 것이었다. 현은 얼마 앙탈해 보았으나 나타난 이상 끝까지 뻗대지 못하고 이튿날 대회 회장으로 따라 나왔다. 부민관인 회장의 광경은 어마어마하였다. 모두 국민복에 예장(禮章)을 찼고 총독부 무슨 각하, 조선군 무슨 각하, 예복에, 군복에 서슬이 푸르렀고 일본 작가에 누구, 만주국 작가에 누구, 조선 문단이 생긴 이후 첫 어마어마한 집회였다. 현은 시골서 낚시질 다니던 진흙 묻은 저고리에 바지만은 플란넬을 입었으나 국방색도 아니요, 각반도 차지 않아 자기의 복장은 시국 색조에 너무나 무감각했음이 변명할 여지가 없게 되었다. 그러나 갑자기 변장할 도리도 없어 그대로 진행되는 절차를 바라보는 동안 현은 차차 이 대회에 일종

흥미도 없지 않았다. 현이 한동안 시골서 붕어나 보고 꾀꼬리나 듣던 단순해진 눈과 귀가 이 대회에서 다시 한 번 선명하게 느낀 것은 파쇼 국가의 문화 행정의 야만성이었다. 어떤 각하짜리는 심지어 히틀러의 말 그대로 문화란 일단 중지했다가도 필요한 때엔 일조일석에 부활시킬 수 있는 것이니 문학이건 예술이건 전쟁 도구가 못 되는 것은 아낌없이 박멸하여도 좋다 하였고, 문화의 생산자인 시인이며 평론가며 소설가들도 이런 무장 각하(武裝閣下)들의 웅변에 박수갈채할 뿐 아니라 다투어 일어서, 쓰러져 가는 문화의 옹호이기보다는 관리와 군인의 저속한 비위를 핥기에만 혓바닥의 침을 말리었다. 그리고 현의 마음을 측은케한 것은 그 핏기 없고 살 여윈 만주국 작가의 서투른 일본말로의 축사였다. 그 익지 않은 외국어에 부자연하게 움직이는 얼굴은 작고 슬프게만 보였다.

조선 문인들의 일본말은 대개 유창하였다. 서투른 것을 보다 유창한 것을 보니 유쾌해야 할 터인데 도리어 얄미운 것은 무슨 까닭일까. 차라리 제 소리 이외에는 옮길 줄 모르는 개나 도야지가 얼마나 명예스러우랴 싶었다. 약소 민족은 강대 민족의 말을 배우기 시작하는 것부터가 비극의 감수(甘受)였던 것이다. 그렇다고 해서, 그러면 일본 작가들의 축사나 주장은 자연스럽게 보이고 옳게 생각되었느냐 하면 그것도 아니었다. 현의 생각

엔 일본인 작가들의 행동이야말로 이해하기에 곤란하였다. 한때는 유종렬(柳宗悅) 같은 사람은,

"동포여 군국주의를 버려라. 약한 자를 학대하는 것은 일본의 명예가 아니다. 끝까지 이 인륜(人倫)을 유린할 때는 세계가 일본의 적이 될 것이니 그때는 망하는 것이 조선이 아니라 일본이 아닐 것인가?"

하고 외치었고, 한때는 히틀러가 조국이 없는 유대인들을 추방하고, 진시황(秦始皇)처럼 번문욕례(繁文縟禮)를 빙자해 철학·문학을 불지를 때 이것에 제법 항의를 결의한 문화인들이 일본에도 있지 않았는가? 그들은 지금 무엇을 하고 찍소리도 없는 것인가? 조선인이나 만주인의 경우보다는 그래도 조국이나 저희 동족에의 진정한 사랑과 의견을 외칠 만한 자유와 의무는 남아 있지 않은 것인가? 진정한 문화인의 양심이 아직 일본에 있다면 조선인과 만주인의 불평을 해결은커녕 위로조차 아니라 불평할 줄 아는 그 본능까지 마비시키려는 사이비 종교가 많이 쏟아져 나오고, 저희 민족 문화의 한 발원지라고도 할 수 있는 조선의 문화나 예술을 보호는 못할망정, 야만적 관료의 앞잡이가 되어 조선어의 말살과 긴치 않은 동조론(同祖論)이나 국민극(國民劇)의 앞잡이 따위로나 나와 돌아다니는 꼴들은 반세기의 일본 문화란 너무나 허무한 것이 아닌가? 물론 그네들도 양심

있는 문화인은 상당한 수난일 줄은 안다. 그러나 너무나 태평무사하지 않은가? 이런 생각에서 펀뜻 박수 소리에 놀라는 현은, 차츰 자기도 등단해야 될, 그 만주국 작가보다 더 비극적으로 얼굴의 근육을 경련시키면서 내용이 더 구린 일본어를 배설해야 될 것을 깨달을 때, 또 여태껏 일본 문화인들을 비난하며 있던 제 속을 들여다볼 때 '네 자신은 무어냐? 네 자신은 무엇 하러 여기 와 앉아 있는 거냐?' 현은 무서운 꿈속이었다. 뛰어도 뛰어도 그 자리에만 있는 꿈속에서처럼 현은 기를 쓰고 뛰듯 해서 겨우 자리를 일어섰다. 일어서고 보니 걸음은 꿈과는 달라 옮겨지었다. 모자가 남아 있는 것도 의식 못 하고 현은 모든 시선이 올가미를 던지는 것 같은 회장을 슬그머니 빠져나오고 말았다.

'어찌 될 것인가? 의장 가야마 선생은 곧 내가 나설 순서를 지적할 것이다. 문인 보국회 간부들은 어마어마한 고급 관리와 고급 군인 앞에서 창씨 안 한 내 이름을 외치면서 찾을 것이다!'

위에서 누가 내려오는 소리가 난다. 우선 현은 변소로 들어섰다. 내려오는 사람은 절거덕절거덕 칼 소리가 났다. 바로 이 부민관 식당에서 언젠가 한 번 우리 문인들에게, 너희가 황국 신민으로서 충성하지 않을 때는 이 칼이 너희 목을 용서하지 않을 것이다 하던, 그도 우리 동포인 무슨 중좌인가 그자인지도 모르는데, 절거덕 소리는 변소로 들어오는 눈치다. 현은 얼른 대변소 속으로 들어섰다. 한참 만에야 소변을 끝낸 칼 소리의 주인공은 나가 버리었다. 그러나 그 뒤를 이어 이내 다른 구두 소리가 들어선다. 누구이든 이 속을 엿볼 리는 없을 것이나, 현은, 그 시골서 낚시질을 가던 길 산등성이에서 순사 부장과 맞닥뜨리었을 때처럼 꼼짝 못하겠다. 변기는 씻겨 내려가는 식이나 상당한 무더위로 독하도록 불결한 내다. 현은 담배를 꺼내 피워 물었다. 아무리 유치장이나 감방 속이기로 이다지 좁고 이다지 더러운 공기는 아니리라 싶어 사람이 드나드는 곳치고 용무 이외에 머무르기 힘든 곳은 변소 속이라 느낄 때, 현은 쓴웃음도 나왔다. 먼 삼층 위에선 박수 소리가 울려왔다. 그리고는 조용하다. 조용해진 지 얼마 만에야 현은 밖으로 나왔다. 그리고 맨머릿바람인 채, 다시 한 번 될 대로 되어라 하고 시내에서 그중 동뜬 성북동에 있는 친구에게로 달려오고 만 것이다.

어찌 되었든 현이 서울 다녀온 보람은 없지 않았다. 깔끔하여 인사도 제대로 받지 않으려던 가네무라 순사가 시계를 고쳐다 준 이후로는 제법 상냥해졌고, 우편 국장, 순사 부장, 면장 들이 문인 대회에서 전보를 세 번씩이나 쳐서 불러간 현을 그전보다는 약간 평가를 높이 하는 듯, 저희 편에서도 자진해 인사를 보내게끔 되어 이제는 그들이 보는데도 낚싯대를 어엿이 들고 지

나다니게끔 되었다.

낚시질은, 현이 사용하는 도구나 방법이 동양 것이어서 그런지는 몰라도 역시 동양적인 소견법(消遣法)의 하나 같았다. 곤드레가 그린 듯이 소식 없기를 오랠 때에는 그대로 강 속에 마음을 둔 채 졸고도 싶었고, 때로는 거친 목소리나마 한 가락 노래도 흥얼거리고 싶은 것인데 이런 때는 신시(新詩)보다는 시조나 한시(漢詩)를 읊는 것이 제격이었다.

소현의산각 관루사종현(小縣依山脚 官樓似鐘懸)
관서제조리 청소낙화전(觀書啼鳥裏 聽訴落花前)
봉박칭빈리 신한호산선(俸薄稱貧吏 身閑號散仙)
신참조어사 월반재강변(新參釣魚社 月半在江邊)

현이 이곳에 와서 무엇이고 군소리 내고 싶은 때 즐겨 읊조리는 한시다. 한 번은 김 직원과 글씨 이야기를 하다가 고비(古碑) 이야기가 나오고 나중에는 심심하니 동구(洞口)에 늘어선 현감비(縣監碑)들이나 구경 가자고 나섰다. 거기서 현은 가장 첫머리에 선 대산 강진(對山姜瑨)의 비를 그제야 처음 보았고 이조 말 사가시(四家詩)의 계승자라고 하는 시인 대산이 한때 이곳 현감으로 왔던 사적을 반겨 놀라지 않을 수 없었다. 그 길로 김 직원 댁으로 가서 두 권으로 된 이《대산집(對山集)》을 빌리어다 보니 중년작은 거의가 이 산읍에 와서 지은 것이며 현이 가끔 올라가는 만경산(萬景山)이며 낚시질 오는 용구소(龍九沼)며 여조 유신(麗朝遺臣) 허모(許某)가 와 은둔해 있던 곳이라는 두문동(杜門洞)이며 진작 이 시인 현감의 시제(詩題)에 오르지 않은 구석이 별로 없다. 그는 일찍부터 출재산수향(出宰山水鄉) 독서송계림(讀書松桂林)의 한퇴지(韓退之)의 유풍을 사모하여 이런 산수향에 수령되어 왔음을 만족해한 듯하다. 새 우짖는 소리 속에 책을 읽고 꽃 흩는 나무 앞에서 백성의 시비를 가리는 것이라든지, 녹은 적으나 몸 한가한 것만 신선이어서 새로 낚시꾼들에게 끼어 한 달이면 반은 강변에서 지내는 것을 스스로 호강스러워 예찬한 노래다. 벼슬살이가 이러할진대 도연명(陶淵明)인들 굳이 팽택령(彭澤令)을 버렸을 리 없을 것이다. 몸이야 관직에 매였더라도 음풍영월(吟風詠月)만 할 수 있으면 문학이었고 굳이 관대를 끄르고 전원(田園)에 돌아갔으되 역시 음풍영월만이 문학이긴 마찬가지였다.

'관서제조리 청소낙화전! 이런 운치의 정치를 못 가져 봄은 현대 정치인의 불행이라 할 수 있을 것이다! 그러나 다시 이런 운치 정치로 살 수 있는 세상이 올 수 있을 것인가? 음풍영월만으로 소견 못하는 것이 현대 문인의 불행이기도 할 것이다. 그러나 마찬가지로 음풍영월이 문학일 수 있는 세상이 다시 올 수 있을 것인가? 아니 그런 세상이 올 필요나 있으며 또 그런 것이 현대 정치가나 예술가의 과연 흠모하는 생활이며 명예일 수 있을 것인가?'

현은 무시로 대산의 시를 입버릇처럼 읊조리면서도 그것은 한낱 왕조 시대의 고완품(古翫品)을 애무하는 것 같은 취미요 그것이 곧 오늘 자기 문학 생활에 관련성을 가진 것이라고는 생각되지 않았다.

'그렇다고 내 자신이 걸어온 문학의 길은 어떠하였는가? 봉건 시대의 소견 문학과 얼마만 한 차이를 가졌는가?'

현은 이것을 붓을 멈추고 자기를 전망할 수 있는 이 피난처에 와서야, 또는 강대산 같은 전(前) 세대 시인의 작품을 읽고야 비로소 반성하는 것은 아니었다. 현의 아직까지의 작품 세계는 대개 신변적인 것이 많았다. 신변적인 것에 즐기어 한계를 둔 것은 아니나 계급보다 민족의 비애에 더 솔직했던 그는 계급에 편향했던 좌익엔 차라리 반감이었고 그렇다고 일제의 조선 민족 정책에 정면 충돌로 나서기에는 현만이 아니라 조선 문학의 진용 전체가 너무나 미약했고 너무나 국제적으로 고립해 있었다. 가끔 품속에 서린 현실자로서의 고민이 불끈거리지 않았음은 아니나, 가혹한 검열제도 밑에서는 오직 인종(忍從)하지 않을 수 없었고 따라 체관(諦觀)의 세계로밖에는 열릴 길이 없었던 것이다.

'자, 인젠 무엇을 어떻게 쓸 것인가? 일본이 망할 것은 정한 이치다. 미리 준비를 하자! 만일 일본이 망하지 않는다면? 조선은 문학이니 문화니가 문제가 아니다. 조선말은 그예 우리 민족에게서 떠나고 말 것이니 그때는 말만이 아니라 민족 자체가 성격적으로 완전히 파산되고 마는 최후인 것이다. 이런 끔찍한 일본 군국주의의 음모를 역사는 과연 일본에게 허락할 것인가?'

현은 아내에게나 김 직원에게는 멀어야 이제부터 일 년이란 것을 누누이 역설하면서도 정작 저 혼자 따져 생각할 때는 너무나 정보에 어두워 있으므로 막연하고 불안하였다. 그러나 파시즘의 국가들이 이기기나 하면 어쩌나 하는 불안은 이내 사라졌다. 무솔리니의 실각, 제이전선의 전개, 사이판의 함락, 일본 신문이 전하는 것만으로도 전쟁의 대세는 이미 결정되어 있었다.

그렇다고 현은 붓을 들 수는 없었다. 자기가 쓰기는커녕 남의 것을 읽는 것조차 마음은 여유를 주지 않았다. 강가에 앉아 '관서제조리 청소낙화전'은 읊조릴망정, 태서 대가들의 역작, 명편은 도무지 머릿속에 들어오지 않아, 다시 읽는 《전쟁과 평화》를 일 년이 걸리어도 하권은 그예 못다 읽고 말았다. 집엔 들어서기만 하면 쌀 걱정, 나무 걱정, 방바닥 뚫어진 것, 부엌 불편한

것, 신발 없는 것, 옷감 없는 것, 약 없는 것, 나중엔 삼 년은 견딜
줄 예산한 집 잡힌 돈이 일 년이 못다 되어 바닥이 났다. 징용도
아직 보장이 되지 못하였는데 남자 육십 세까지의 국민의용대
법령이 나왔다. 하루는 주재소에서 불렀다. 여기는 시달서도 없
이 소사가 와서 이르는 것이나 불안하고 불쾌하긴 마찬가지다.
다만 그 불안을 서울서처럼 궁금한 채 내일까지 기다리는 것이
아니라 그 길로 달려가 즉시 결과를 알 수 있는 것만은 다행이
었다.

  주재소에는 들어설 수 없게 문간에까지 촌사람들로 가득하
였다. 현은 자기를 부른 일과 무슨 관계가 있나 해서 가만히 눈
치부터 살피었다. 농사 진 밀, 보리는 종자도 남기지 않고 모조
리 걷어 들여오고 이름만 농가라고 배급은 주지 않으니 무얼 먹
고 살라느냐, 밤낮 증산이니 무슨 공출이니 하지만 먹어야 농사
도 짓고 먹어야 머루덤불도, 관솔도, 참나무 껍질도 해다 바치
지 않느냐, 면에다 양식 배급을 주도록 말해 달라고 진정하러들
온 것이었다. 실실 웃기만 하고 앉았던 부장이 현을 보더니 갑
자기 얼굴에 위엄을 갖추며 밖으로 나왔다.

  "오늘은 낚시질 안 갔소?"

  "안 갔습니다."

  "당신을 경방단에도, 방공 감시에도 뽑지 않은 것은 나라를

위해서 글을 쓰라고 그냥 둔 것인데 자꾸 낚시질만 다니니까 소문이 나쁘게 나는 것이오. 내가 어제 본서에 들어갔더니, 거긴, 어떤 한가한 사람이 있어 버스에서 보면 늘 낚시질을 하니, 그게 누구냐고 단단히 말을 합디다. 인전 우리 일본 제국이 완전히 이길 때까지 낚시질은 그만둡시다."

현은,

"그렇습니까? 미안합니다."

하는 수밖에 없었다.

"그리고 당신은, 출정 군인이 있을 때마다 여기서 장행회가 있는데 한 번도 나오지 않지 않았소?"

"미안합니다. 앞으론 나오겠습니다."

현은 몹시 우울했다.

첫 장마 지난 후, 고기들이 살도 올랐고 떼 지어 활발히 이동하는 것도 이제부터다. 일 년 중 강물과 제일 즐길 수 있는 당절에 그만 금족을 당하는 것이었다. 낚시 도구는 꾸려 선반에 얹어 두고, 자연 김 직원과나 자주 만나는 것이 일이 되었다. 만나면 자연 시국 이야기요, 시국 이야기면 이미 독일도 결딴났고 일본도 벌써 적을 오키나와까지 맞아들인 때라 자연히 낙관적 관찰로서 조선 독립의 날을 꿈꾸는 것이었다.

"국호(國號)가 고려국이라고 그러셨나?"

현이 서울서 듣고 온 것을 한 번 김 직원에게 이야기한 적이
있다.

　"고려민국이랍디다."

　"어째 고려라고 했으리까?"

　"외국에는 조선이나 대한보다는 고려로 더 알려졌기 때문인
가 봅니다. 직원님께선 무어라 했으면 좋겠습니까?"

　"그까짓 국호야 뭐래든 얼른 독립이나 됐으면 좋겠소. 그래
도 이왕이면 우리넨 대한이랬으면 좋을 것 같애."

　"대한! 그것도 이조 말에 와서 망할 무렵에 잠시 정했던 이름
아닙니까?"

　"그렇지요. 신라나 고려나처럼 한때 그 조정이 정했던 이름
이죠."

　"그렇다면 지금 다시 이왕 시대(李王時代)가 아닐 바엔 대한
이란 거야 무의미허지 않습니까? 잠시 생겼다 망했다 한 나라
이름들은 말씀대로 그때그때 조정이나 임금 마음대로 갈었지
만 애초부터 우리 민족의 이름은 조선이 아닙니까?"

　"참, 그러리다. 사기에도 고조선이니 위만조선(衛滿朝鮮)
이니 허구 조선이란 이름이야 흠뻑 오라죠. 그런데 나는 말이
야……."

하고 김 직원은 누워서 피우던 담뱃대를 놓고 일어나며,

"난 그전대로 국호도 대한, 임금도 영친왕을 모셔 내다 장가나 조선 부인으루 다시 듭시게 해서 전주 이 씨 왕조를 다시 한 번 모셔 보구 싶어."

하였다.

"전조(前朝)가 그다지 그리우십니까?"

"그럽다 뿐이겠소. 우리 따위 필부가 무슨 불사이군(不事二君)이래서보다도 왜놈들 보는데 대한 그대로 광복(光復)을 해 가지고 이번엔 고놈들을 한 번 앙갚음을 해야 허지 않겠소?"

"김 직원께서는 이제 일본으루 총독 노릇을 한 번 가 보시렵니까?"

하고 둘이는 유쾌히 웃었다.

"고려민국이건 무어건 그래 군대도 있구 연합국간엔 승인도 받었으리까?"

"진가는 몰라도 일본에 선전포고꺼정 허구 군대가 김일성 부하, 김원봉 부하, 이청천 부하, 모다 삼십만은 넘는다는 말이 있습니다."

"삼십만! 제법 대군이로구려! 옛날엔 십만이라두 대병인데! 거 인제 독립이 돼 가지구 우리 정부가 환국할 땐 참 장관이겠소! 오래 산 보람 있으려나 보오!"

하고 김 직원은 다시 담배를 피워 물었다. 그리고 그 피어오르는 연기 속에서 삼십만 대병으로 호위된 우리 정부의 복식 찬란한 헌헌장부들의 환상(幻像)을 그려 보는 것이었다. 나중에는 감격에 가슴이 벅찬 듯 후 하고 한숨을 쉬는 김 직원의 눈은 눈물까지 글썽해 있었다.

그 후 얼마 안 있어서다. 하루는 김 직원이 주재소에 불려갔다. 별일은 아니라 읍에서 군수가 경비 전화를 통해 김 직원을 군청으로 들어오라는 기별이었다. 김 직원은 이튿날 버스로 칠십 리나 들어가는 군청으로 갔다. 군수는 반가이 맞아 자기 관사에서 저녁을 차리고, 김 직원에게 이런 말을 하였다.

"왜 지난달 춘천(春川)서 열린 도유생대회(道儒生大會)엔 참석허지 않았습니까?"

"그것 때문에 부르셨소?"

"아니올시다. 더 드릴 말씀이 있습니다."

"다 허시지요."

"이왕 지나간 대회 이야기보다도……, 인전 시국이 정말 국민에게 한 사람에게도 방관할 여율 안 준다는 건 나뿐 아니라 김 직원께서도 잘 아실 겁니다. 노인께 이런 말씀드리는 건 미안합니다만 너무 고루하신 것 같은데 성인도 시속을 따르랬다고 대세가 그렇지 않습니까?"

"그래서요?"

"이번에 전국 유도 대회(全國儒道大會)를 앞두고 군(郡)에서 미리 국어와 황국 정신에 대한 강습이 있습니다. 그러니 강습에 오시는 데 미안합니다만 머리를 인전 깎으시고 대회에 가실 때도 필요할 게니 국민복도 한 벌 장만하십시오."

"그 말씀뿐이오?"

"그렇습니다."

"나 유생인 건 사또께서 잘 아시리다. 신체발부(身體髮膚)는 수지부모(受之父母)란 성현의 말씀을 지키지 않구 유생은 무슨 유생이며 유도 대회는 무슨 유도 대회겠소. 나 향교 직원 명예로 허는 것 아니오. 제향 절차 하나 제대로 살필 위인이 없으니까 그곳 사는 후학(後學)으로서 성현께 대한 도리로 맡어 온 것이오. 이제 머리를 깎어라, 낙치(落齒)가 다된 것더러 일본말을 배워라, 복색을 갈어라, 나 직원 내노란 말씀이니까 잘 알어들었소이다."

하고 나와 버린 것인데, 사흘이 못 되어 다시 주재소에서 불렀다. 또 읍에서 나온 전화 때문인데 이번에는 경찰서에서 들어오라는 것이다. 김 직원은 그 길로 현을 찾어왔다.

"현공? 저놈들이 필시 나헌테 강압 수단을 쓸랴나 보."

"글쎄올시다. 아무튼 메칠 안 남은 발악이니 충돌은 마시고 잘 모면만 하십시오."

"불러도 안 들어가면 어떠리까?"

"그건 안 됩니다. 지금 핑계가 없어서 구속을 못 하는데 관명 거역이라고 유치나 시켜 놓고 머리를 깎이면 그건 기미년 때처럼 꼼짝 못허구 당허십니다."

"옳소, 현공 말이 옳소."

하고 김 직원은 이튿날 또 읍으로 갔는데 사흘이 되어도 나오지 않았고 나흘째 되던 날이 바로 '8월 15일'인 것이었다.

그러나 현은 라디오는커녕 신문도 이삼 일이나 늦는 이곳에서라 이 역사적 '8월 15일'을 아무것도 모르는 채 지나 버리었고, 그 이튿날 아침에야 서울 친구의 다만 '급히 상경하라.'라는 전보로 비로소 제 육감이 없지는 않았으나 그러나 여행 증명도 얻을 겸 눈치를 보러 주재소에 갔으되, 순사도 부장도 아무런 이상이 없었을 뿐 아니라 가네무라 순사에게 넌지시 김 직원이 어찌 되어 나오지 못하느냐 물었더니,

"그런 고집불통 영감은 한참 그런 데서 땀 좀 내야죠!"

한다.

"그럼 구금이 되셨단 말이오?"

"뭐 잘은 모릅니다. 괜히 소문 내지 마슈."

하고 말을 끊는데, 모두가 변한 것이 조금도 없다.

'급히 상경하라. 무슨 때문인가?'

현은 궁금한 채 버스를 기다리는데 이날은 버스가 정각 전에 일찍 나왔다. 이 차에도 김 직원이 나타나는 것을 보지 못하고 현은 떠나고 말았다.

　버스 속엔 아는 사람도 하나 없다. 대부분이 국민복들인데 한 사람도 그럴듯한 기색은 보이지 않는다. 한 사십 리 나와 저쪽에서 들어오는 버스와 마주치게 되었다. 이쪽 운전사가 팔을 내밀어 저쪽 차를 같이 세운다.

　"어떻게 된 거야?"

　"무에 어떻게 돼?"

　"철원은 신문이 왔겠지?"

　"어제 방송대루지 뭐."

　"잡음 때문에 자세히는 못 들었어. 그런데 무조건 정전이라 하지?"

　두 운전사의 문답이 이에 이를 때, 누구보다도 현은 좁은 틈에서 벌떡 일어섰다.

　"그게 무슨 소리들이오?"

　"전쟁이 끝났답니다."

　"뭐요? 전쟁이?"

　"인전 끝이 났어요."

　"끝! 어떻게요?"

"글쎄, 그걸 잘 몰라 묻습니다."

하는데 저쪽 운전대에서,

"결국 일본이 지구 만 거죠. 철원 가면 신문을 보십니다."

하고 차를 달려 버린다. 이쪽 차도 갑자기 구르는 바람에 현은
펄썩 주저앉았다.

'옳구나! 올 것이 왔구나! 그 지리하던 것이……'

현은 코허리가 찌르르해 눈을 슴벅거리며 좌우를 둘러보았
다. 확실히 일본 사람은 아닌 얼굴인데 하나같이 무심하다.

"여러분은 운전사들의 대활 못 들었습니까?"

서로 두리번거릴 뿐, 한 사람도 응하지 않는다.

"일본이 지고 말았다면 우리 조선이 어떻게 될 걸 짐작들 허
시겠지요?"

그제야 그것도 조선옷 입은 영감 한 분이,

"어떻게든 되는 거야 어디 가겠소? 어떤 세상이라고 똑똑히
모르는 걸 입을 놀리겠소?"

한다. 아까는 다소 흥미를 가지고 지껄이던 운전사까지,

"그렇지요. 정말인지 물어보기만도 무시무시헌걸요."

하고, 그 피곤한 주름살, 그 움푹 들어간 눈으로 버스를 운전하
는 표정뿐이다.

현은 고개를 푹 수그렸다. 조선이 독립된다는 감격보다도 이

불행한 동포들의 얼빠진 꼴이 우선 울고 싶게 슬펐다.

'이게 나 혼자 꿈이나 아닌가?'

현은 철원에 와서야 꿈 아닌 〈경성일보〉를 보았고, 찾을 만한 사람들을 만나 굳은 악수와 소리 나는 울음을 울었다. 하늘은 맑아 박꽃 같은 구름송이, 땅에는 무럭무럭 자라는 곡식들, 우거진 녹음들, 어느 것이고 우러러 절하고 소리 지르고 날뛰고 싶었다.

현은 십칠일 날 새벽, 뚜껑 없는 모래차에 모래 실리듯이 한 사람 틈에 끼여, 대통령에 누구, 육군 대신에 누구, 그러다가 한 정거장을 지날 때마다 목이 터지게 독립 만세를 부르며 이날 아침 열 시에 열린다는 건국 대회에 미치지 못할까 봐 초조하면서 태극기가 휘날리는 열광의 정거장들을 지나 서울로 올라왔다.

청량리 정거장을 나서니, 웬일일까, 기대와는 달리 서울은 사람들도 냉정하고 태극기조차 보기 드물다. 시내에 들어서니 독 오른 일본 군인들이 일촉즉발(一觸卽發)의 예리한 무장으로 거리마다 목을 지키고 〈경성일보〉가 의연히 태연자약한 논조다.

현은 전보 쳐 준 친구에게로 달려왔다. 손을 잡기가 바쁘게 건국 대회가 어디서 열리느냐 하니, 모른다 한다. 정부 요인들이 비행기로 들어왔다는데 어디들 계시냐 하니, 그것도 모른다 한다. 현은 대체 일본 항복이 사실이긴 하냐 하니, 그것만은 사실이라 한다. 현은 전신에 피곤을 느끼며 걸상에 주저앉아 그제야 여러 시간 만에 처음 정신을 가다듬었다. 그리고 이 친구로부터 8월 15일 이후 이틀 동안의 서울 정황을 대강 들었다.

현은 서울 정황에 불쾌하였다. 총독부와 일본 군대가 여전히 조선 민족을 명령하고 앉았다는 것과, 해외에서 임시 정부가 오늘 아침에 들어왔다, 혹은 오늘 저녁에 들어온다 하는 이때 그새를 못 참아 건국(建國)에 독단적인 계획들을 발전시키며 있는 것과, 문화면에 있어서도, 현 자신은 그저 꿈인가 생시인가도 구별되지 않는 이 현혹한 찰나에, 또 문화인들의 대부분이 아직 지방으로부터 모이기도 전에, 무슨 이권이나처럼 재빨리 간판부터 내걸고 서두르는 것들이 도시 불순하고 경망해 보였던 것이다. 현이 더욱 걱정되는 것은 벌써부터 기치를 올리고 부서를 짜고 덤비는 축들이, 전날 좌익 작가들의 대부분임을 알게 될 때, 문단 그 사회보다도, 나라 전체에 좌익이 발호할 수 있는 때요, 좌익이 제멋대로 발호하는 날은, 민족 상쟁 자멸의 파탄을 일으키지 않을까 하는, 위험성이었다. 현은 저 자신의 이런 걱정이 진정일진댄, 이러고만 앉았을 때가 아니라 생각되어 그 '조선 문화 건설 중앙 협의회'란 데를 찾아갔다. 전날 구인회(九人會) 시대, 문장(文章) 시대에 자별하게 지내던 친구도 몇 있었으나 아닌 게 아니라 전날 좌익이었던 작가와 평론가가 중심이었다. 마침 기초된 선언문을 수정하면서들 있었다. 현은 마음 속으로 든든히 그들을 경계하면서 그들이 초안한 선언문을 읽어 보았다. 두 번 세 번 읽어 보았다. 그리고 그들의 표정과 행동에 혹시라도 위선적인 데나 없나 엿보기를 게을리하지 않으며 적이 속으로 이상하게 생각하지 않을 수 없었다.

'이들에게 이만큼 조선 사정에 진실한 정신적 준비가 있던 적이 있었던가?'

현은 그들의 태도와 주장에 알고 보니 한 군데도 이의(異意)를 품을 데가 없었다. '장래 성립할 우리 정부의 문화·예술 정책이 서고, 그 기관이 탄생되어 이 모든 임무를 수행할 때까지, 우선 현계단의 문화 영역의 통일적 연락과 각 부문의 질서화를 위하여'였고 '조선 문화의 해방, 조선 문화의 건설, 문화 전선의 통일' 이것이 전진 구호였던 것이다. 좌우를 막론하고 민족이 나아갈 노선에서 행동 통일부터 원칙을 삼아야 할 것을 현은 무엇보다 긴급으로 생각한 것이요, 좌익 작가들이 이것을 교란할까 보아 걱정한 것이며 미리부터 일종의 증오를 품었던 것인데 사실인즉 알아볼수록 그것은 현 자신의 기우(杞憂)였었다. 아직 이 이상 구체안이 있을 수도 없는 때이나, 이들로서 계급 혁명의 선수를 걸지 않는 것만은 이들로는 주저나 자중이 아니라, 상당한 자기 비판과 국제 노선과 조선 민족의 관계를 심사숙고

한 연후가 아니고는, 이처럼 일견 단순해 보이는 태도나 원칙만에 만족할 리가 없을 것이었다. 현은 다행한 일이라 생각하고 즐겨 그 선언에 서명을 같이하였다.

그러나 도시 마음이 놓이지는 않았다. '모든 권력은 인민에게로!' 이런 깃발과 노래는 이들의 회관에서 거리를 향해 나부끼고 울려 나왔다. 그것이 진리이긴 하나 아직 민중의 귀에만은 이른 것이었다. 바다 위로 신기루같이 황홀하게 떠들어 올 나라나, 대한이나, 정부나, 영웅 들을 고대하는 민중들은, 저희 차례에 갈 권리도 거부하면서까지 화려한 환상과 감격에 더 사무쳐 있는 때이기 때문이다. 현 자신까지도 '모든 권력은 인민에게로'가 이들이 민주주의자로서가 아니라 그전 공산주의자로서의 습성에서 외침으로만 보여질 때가 한두 번이 아니었고, 위고 같은 이는 이미 전 세대에 있어 '국민보다 인민에게'를 부르짖은 것을 생각할 때, 오늘 우리의 이 시대, 이 처지에서 '인민에게'란 말이 그다지 새롭거나 위험스럽게 들릴 것도 아무것도 아닌 줄 알면서도, 현은 역시 조심스러웠고, 또 현을 진실로 아끼는 친구나 선배의 대부분이, 현이 이들의 진영 속에 섞인 것을 은근히 염려하는 것이었다. 그런 데다 객관적 정세는 날로 복잡다단해졌다. 임시 정부는 민중이 꿈꾸는 것 같은 위용(偉容)은 커녕 개인들로라도 쉽사리 나타나 주지 않았고, 북쪽에서는 소련군이 일본군을 여지없이 무찌르며 조선인의 골수에 사무친 원한을 충분히 이해해서 왜적에 대한 철저한 소탕을 개시한 듯 들리나, 미국군은 조선 민중의 기대는 모른 척하고 일본인들에게 관대한 삐라부터를 뿌리어, 아직도 총독부와 일본 군대가 조선 민중에게 '보아라 미국은 아직 일본과 상대이지 너희 따위 민족은 문제가 아니다.' 하는 자세를 부리기 좋게 하였고, 우리 민족 자체에서는 '인민 공화국'이란, 장래 해외 세력과 대립의 예감을 주는 조직이 나타났고, '조선 문화 건설 중앙 협의회'와 선명히 대립하여 '프롤레타리아 예술 연맹'이란, 좌익 문학인들만으로 문화 운동 단체가 기어이 일어나고 말았다.

이 '프로예맹'이 대두함에 있어, 현은 물론, '문협'에서들은, 겉으로는 '역사나 시대는 그네들의 존재 이유를 따로 허락지 않을 것이다.' 하고 비웃어 버리려 하나 속으로는 '문화전선통일'에 성실하면 성실한 만치 무엇보다 먼저 해결하지 않으면 안 될 당면 과제의 하나였다. 현이 더욱 불쾌한 것은, '프로예맹'의 선언 강령이 '문협' 것과 별로 다를 것이 없는 점이요, 그렇다면 과거에 좌익 작가들이, 과거에 자기들과 대립 존재였던 현을 책임자로 한 '문학 건설 본부'에 들어 있기 싫다는 표시로도 생각할 수 있는 점이다. 하루는 우익측 몇 친구가 '프로예맹'의 출현을 기다리었다는 듯이 곧 현을 조용한 자리에 이끌었다.

"당신의 진의는 우리도 모르지 않소. 그러나 급기얀 당신이 거기서 못 배겨나리다. 수포에 돌아가리다. 결국 모모(某某)들은 당신 편이기보단 프로예맹 편인 것이오. 나중에 당신만 지붕 쳐다보는 꼴이 될 것이니 진작 나와 우리끼리 따로 모입시다. 뭣 허러 서로 어성버성헌 속에서 챙피만 보고 계시오?"

현은 그들에게 이 기회에 신중히 생각할 여지가 있다는 것만은 수긍하고 헤어졌다. 바로 그다음 날이다. 좌익 대중 단체 주최의 데모가 종로를 지나게 되었다. 연합 국기 중에도 맨 붉은 기뿐이요, 행렬에서 부르는 노래도 적기가(赤旗歌)다. 거리에 섰는 군중들은 모두 이 데모에 냉정하다. 그런데 '문협' 회관에서만은 열광적 박수와 환호로 이 데모에 응할 뿐 아니라, 이제 연합군 입성 환영 때 쓸 연합 국기들을 다량으로 준비해 두었는데, '문협'의 상당한 책임자의 하나가 묶어 놓은 연합 국기 중에서 소련 것만을 끄르더니 한 아름 안고 가 사층 위로부터 행렬 위에 뿌리는 것이다. 거리가 온통 시뻘게진다. 현은 대뜸 뛰어가 그것을 막았다. 다시 집으러 가는 것을 또 막았다.

"침착합시다."

"침착헐 이유가 어디 있소?"

양편이 다 같이 예리한 시선의 충돌이었다. 뿐만 아니라 옆에 섰던 젊은 작가들은 하나같이 현에게 모멸의 시선을 던지며 적기를 못 뿌리는 대신, 발까지 구르며 박수와 환호로 좌익 데모를 응원하였다. 데모가 지나간 후, 현의 주위에는 한 사람도 가까이 오지 않았다. 현은 회관을 나설 때 몹시 외로웠다. 이들과 헤어지더라도 이들 수효만 못지않은, 문학 단체건, 문화 단체건 만들 수 있다는 자신도 솟았다.

'그러나…… 그러나…….'

현은 밤새도록 궁리했다. 그 이튿날은 회관에 나오지 않았다.

'마음에 맞는 친구끼리만? 그런 구심적(求心的)인 행동이 이 거대한 새 현실에서 어떤 결과를 가져올 것인가? 새 조선의 자유와 독립은 대중의 자유와 독립이라야 한다. 그들이 대중 운동에 그처럼 열성인 것을 나는 몰이해는커녕 도리어 그것을 배우고 그것을 추진시키는 데 티끌만치라도 이바지하려는 것이 내 양심이다. 다만 적기만 뿌리는 것이 이 순간 조선의 대중 운동이 아니며 적기 편에 선 것만이 대중의 전부가 아니란, 그것을 나는 지적하려는 것이다. 이런 내 심정을 몰라 준다면, 이걸 단순히 반동으로밖에 해석할 줄 몰라준다면 어떻게 그들과 함께 일할 수 있는 것인가?'

다음 날도 현은 회관으로 나가고 싶지 않아 방에서 혼자 어정거리고 있을 때다. 그날 창밖의 데모를 향해 적기를 뿌리던 그 친구가 찾아왔다.

"현 형? 그저껜 불쾌했지요?"

"불쾌했소."

"현 형? 내 솔직한 고백이오. 적색 데모란 우리가 얼마나 두고 몽매간에 그리던 환상이리까? 그걸 현실로 볼 때, 나는 이성을 잃고 광분했던 거요. 부끄럽소. 내 열 번 경솔이었소. 그날 현형이 아니었더면 우리 경솔은 훨씬 범위가 커졌을 거요. 우리에겐 열 사람의 우리와 똑같은 사람보다 한 사람의 현 형이 절대로 필요한 거요."

그는 확실히 말끝을 떨었다. 둘이는 묵묵히 담배 한 대씩을 피우고 묵묵히 일어나 다시 회관으로 나왔다.

그 적색 데모가 있은 후로 민중은, 학생이거나, 시민이거나, 지식층이거나 확실히 좌우 양파로 갈리는 것 같았다. 저녁이면 현을 또 조용한 자리에 이끄는 친구들이 있었다. 현은 '문협'에서 탈퇴하기를 결단하라는 간곡한 충고를 재삼 받았으나, '문협'의 성격이 결코 그대들이 생각하는 것처럼 어느 한쪽에 편향한 것이 아니란 것을 극구 변명하였는데, 그 이튿날 회관으로 나오니, 어제 이 친구들로부터 전화가 걸려 왔다.

"자네가 말한 건 자네 거짓말이거나, 그렇지 않으면 우리가 본 대로 저들에게 이용당하고 있는 걸세. 그 증거는, 그 회관에 오늘 아침 새로 내걸은 대서 특서한 드림을 보면 알 걸세."

하고 이쪽 말은 듣지도 않고 불쾌히 전화를 끊어 버리는 것이었다. 현은 옆 사람들에게 묻지도 않았다. 쭈루루 밑에 층으로 내려가 행길에서 사 층인 회관의 전면을 쳐다보았다. 놀라지 않을수 없었다. 아까 현은 미처 보지 못하고 들어왔는데 옥상에서부터 이 이 층까지 드리운, 광목 전폭에다가 '조선 인민 공화국 절대 지지'란, 아직까지 어떤 표어나 구호보다 그야말로 대서 특서한 것이었다. 안전 지대에 그득한 사람들, 화신 앞에 들끓는 군중들, 모두 목을 젖히고 쳐다보는 것이다. 모두가 의아하고 불안한 표정들이다. 현은 회관 사 층을 십 분이나 걸려 올라왔다. 현은 다시 한 번 배신을 당하는 심각한 우울이었다. 회관에는 '문협'의 의장도 서기장도 아직 나타나지 않았다. '문학건설본부'의 서기장만이 뒤를 따라 들어서기에 현은 그의 손을 이끌고 옥상으로 올라왔다.

"이건 누가 써 내걸었소?"

"뭔데?"

부슬비가 내리는 때라 그도 쳐다보지 않고 들어왔고, 또 그런 것을 내걸 계획에도 참례하지 못한 눈치였다.

"당신도 정말 몰랐소?"

"정말 몰랐는데! 이게 대체 누구 짓일까?"

"나도 몰라, 당신도 몰라, 한 회관에 있는 우리가 몰랐을 땐,

나오지 않는 의원(議員)들은 더 많이 몰랐을 것이오. 이건 독재요. 이러고 문화 전선의 통일 운운은 거짓말이오. 나는 그 사람들 말 더 믿구 싶지 않소. 인전 물러가니 그리 아시오."

하고 돌아서는 현을, 서기장은 당황해 앞을 막았다.

"진상을 알구 봅시다."

"알아보나마나요."

"그건 속단이오."

"속단해 버려도 좋을 사람들이오. 이들이 대중 운동을 이처럼 경솔히 하는 줄은 정말 뜻밖이오."

"그래도 가만있소. 우리가 오늘 갈리는 건 우리 문화인의 자살이오!"

"왜 자살 행동을 하시오?"

하고 현은 자연 언성이 높아졌다.

"정말이오. 나도 몰랐소. 그렇지만 이런 것을 밝히고 잘못 쏠리는 걸 바로잡는 것도 우리가 헐 일 아니고 누가 헐 일이란 말이오?"

하고 서기장은 눈물이 핑 도는 것이다. 그리고 그 드림 드리운 데로 달려가 광목 한 통이 비까지 맞아 무겁게 늘어진 것을 한 걸음 끌어올리고 반걸음 끌어내려 가면서 닻줄을 감듯이 전력을 들여 끌어올리고 있는 것이다. 현도 이내 눈물을 머금었다.

'그렇다! 나 하나 등신이라거나, 이용을 당한다거나 그런 조소를 받는 것이 문제가 아니다! 그런 것에나 신경을 쓰는 건 나 자신 불성실한 표다!'

현은 뛰어가 서기장과 힘을 합쳐 그 무거운 드림을 끌어올리었다.

나중에 알고 보니 '문협'의 의장도, 서기장도 다 모르는 일이었다. 다만 서기국원 하나가, 조선이 어떤 이름이 되든 인민의 공화국이어야 한다는 여론이 이 회관 내에 있어 옴을 알던 차, '인민 공화국'이 발표되었고, 마침 미술부 선전대에서 또 무엇 그릴 것이 없느냐 주문이 있기에, 그런 드림이 으레 필요하려니 지레 짐작하고 제 마음대로 원고를 써 보낸 것이요, 선전대에서는 문구는 간단하나 내용이 중요한 것이라 광목 전폭에다 내려 썼고, 쓴 것이 마르면 으레 선전대에서 가지고 와 달아까지 주는 것이 그들의 책임이라 식전 일찍이 와서 달아 놓고 간 것이었다. 아침 여덟 시부터 열한 시까지 세 시간 동안 걸린 이 간단한 드림은 석 달 이상을 두고 변명해 오는 것이며 그것 때문에 '문협' 조직체가 적지 않은 타격을 받은 것도 사실인 것이다.

그러나 이것을 계기로 전원은 아직도 여지가 있는 자기 비판과 정세 판단과 '프로예맹'과의 합동 운동을 더 진실한 태도로 착수하기 시작한 것이다.

이미 미국 군대가 들어와 일본 군대의 총부리는 우리에게서 물러섰으나 삐라가 주던 예감과 마찬가지로 미국은 그들의 군정(軍政)을 포고하였다. 정당(政黨)은 누구든지 나타나란 바람에 하룻밤 사이에 오륙십의 정당이 꾸미어졌고, 이승만 박사가 민족의 미칠 듯한 환호 속에 나타나 무엇보다 조선 민족이기만 하면 우선 한데 뭉치고 보자는 주장에 그 속에 틈이 있음을 엿본 민족 반역자들과 모리배들이 다시 활동을 일으키어, 뭉치는 것은 박사의 진의와는 반대의 효과로 일제 시대 비행기 회사 사장이 새로 된 것이라는 국립 항공 회사에도 부사장으로 나타나는 것 같은 일례로, 민심은 집중이 아니라 이산이요, 신념이기보다 회의(懷疑)의 편이 되고 말았다. 민중은 애초부터 자기 자신들의 모든 권익을 내어던지면서까지 사모하고 환상하던 임시 정부라 이제야 비록 자격은 개인으로 들어왔더라도 그 후의 기대와 신망은 그리로 쏠릴 길밖에 없었다. 그러나 개인이나 단체나 습관이란 이처럼 숙명적인 것일까? 해외에서 다년간 민중을 가져 보지 못한 임시 정부는 해내에 들어와서도, 화신 앞 같은 데서 석유 상자를 놓고 올라서 민중과 이야기할 필요는 조금도 느끼지 않고 있었다. 인공(人共)과 대립만이 예각화(銳角化)되고, 삼팔선은 날로 조선의 허리를 졸라만 가고, 느는 건 강도요, 올라가는 건 물가요, 민족의 장기간 흥분하였던 신경은 쇠약할 대로 쇠약해만 가는 차에 탁치(託治) 문제가 터진 것이다.

누구나 할 것 없이 그만 냉정을 잃고 말았다. 여기저기서 탁치 반대의 아우성이 일어났다. 현도 몇 친구와 함께 반탁 강연에 나갔고 그의 강연 원고는 어느 신문에 게재도 되었다.

그러나 현은, 아니 현만이 아니라 적어도 그날 현과 함께 반탁 강연에 나갔던 친구들은 하나같이 어정쩡했고, 이내 후회하지 않을 수 없었다. 탁치 문제란 그렇게 간단히 규정할 것이 아님을 차츰 깨닫게 되었는데, 이것을 제일 먼저 지적한 것이 조선 공산당으로, 그들의 치밀한 관찰과 정확한 정세 판단에는 감사하나, 삼상회담 지지가 공산당에서 나왔기 때문에 일부의 오해를 더 사고 나아가선 정권 싸움의 재료로까지 악용당하는 것은 불행 중 거듭 불행이었다.

"탁치 문제에 우린 너무 경솔했소!"

"적지 않은 과오야!"

"과오? 그러나 지금 조선 민족의 심리론 그닥 큰 과오라군 헐 수 없지. 또 민족적 자존심을 이만큼은 표현하는 것도 좋고."

"글쎄, 내용을 알고 자존심만 표현하는 것과 내용을 모르고 허턱 날뛰는 것관 방법이 다를 거 아니냐 말이야."

"그렇지! 조선 민족에게 단기만 있고 정치적 통찰력이 부족하다는 게 드러나니 자존심인들 무슨 자존심이냐 말이지."

"과오 없이 어떻게 일하오? 레닌 같은 사람도 과오 없인 일 못한다고 했고 과오가 전혀 없는 사람은 일 안 하는 사람이라 한 거요. 우리 자신이 깨달은 이상 이 미묘한 국제 노선을 가장 효과적이게 계몽에 힘쓸 것뿐이오."

현서껀 회관에서 이런 이야기들을 하고 앉았을 때다. 이런 데는 얼리지 않는 웬 갓 쓴 노인이 들어선 것이다.

"오!"

현은 뛰어 마주 나갔다. 해방 이후, 현의 뜻 속에 있어 무시로 생각나던 김 직원의 상경이었다.

"직원님!"

"현 선생!"

"근력 좋으셨습니까?"

"좋아서 이렇게 서울 구경 왔소이다."

그러나 삼팔 이북에서라 보행과 화물 자동차에 시달리어 그런지 몹시 피로하고 쇠약해 보였다.

"언제 오셨습니까?"

"어제 왔지요."

"어디서 유허셨습니까?"

"참, 오는 길에 철원 들러, 댁에서들 무고허신 것 뵈왔지요. 매우 오시구 싶어들 합디다."

현의 가족들은 그간 철원으로 나왔을 뿐, 아직 서울엔 돌아오지 못하고 있는 것이었다.

"잘들 있으면 그만이죠."

"현공이 그저 객지시게 다른 데 유헐 곳부터 정하고 오늘 찾어왔지요. 그래 얼마나들 수고허시오?"

"저이야 무슨 수고랄 게 있습니까? 이번에 누구보다도 직원님께서 얼마나 기쁘실까 허구 늘 한 번 뵙구 싶었습니다. 그리구 그때 읍에 가셔선 과히 욕보시지나 않으셨습니까?"

"하마터면 상투가 잘릴 뻔했는데 다행히 모면했소이다."

"참 반갑습니다."

마침 점심때도 되고 조용히 서로 술회(述懷)도 하고 싶어, 현은 김 직원을 모시고 어느 구석진 음식점으로 나왔다.

"현공, 그간 많이 변허셨다구요?"

"제가요?"

"소문이 매우 변허셨다구들."

"글쎄요……."

현은 약간 우울했다. 현은 벌써 이런 경험이 한두 번째 아니기 때문이다. 해방 이전에는 막역한 지기(知己)여서 일조유사한 때는 물을 것도 없이 동지일 것 같던 사람들이 해방 후, 특히 정치적 동향이 보수적인 것과 진보적인 것이 뚜렷이 갈리면서부터는, 말 한두 마디에 벌써 딴사람처럼 서로 경원(敬遠)이 생기고 그것이 대뜸 우정에까지 거리감을 자아내는 것을 이미 누차 맛보는 것이었다.

"현공?"

"네?"

"조선 민족이 대한 독립을 얼마나 갈망했소? 임시 정부 들어서길 얼마나 열렬 절절히 고대했소?"

"잘 압니다."

"그런데 어쩌자구 우리 현공은 공산당으로 가셨소?"

"제가 공산당으로 갔다고들 그럽니까?"

"자자합디다. 현공이 아모래도 이용당허는 거라구."

"직원님께서도 절 그렇게 생각허십니까?"

"현공이 자진해 변했을는진 몰라, 그래두 남헌테 넘어갈 양반 아닌 건 난 알지요."

"감사헙니다. 또 변했단 것도 그렇습니다. 지금 내가 변했느니, 안 변했느니 하리만치 해방 전에 내가 제법 무슨 뚜렷한 태도를 가졌던 것도 아니구요, 원인은 해방 전엔 내 친구가 대부분이 소극적인 처세가들인 때문입니다. 나는 해방 후에도 의연히 처세만 하고 일하지 않는 덴 반댑니다."

"해방 후라고 사람의 도리야 어디 가겠소? 군자는 불처혐의

간(不處嫌疑間)입넨다.”

“전 그렇진 않습니다. 지금 이 시대에선 이하(李下)에서라고 비뚤어진 갓(冠)을 바로잡지 못하는 것은 현명이기보단 어리석음입니다. 처세주의는 저 하나만 생각하는 태돕니다. 혐의는커녕 위험이라도 무릅쓰고 일해야 될, 민족의 가장 긴박한 시기라고 생각합니다.”

“아모튼 사람이란 명분을 지켜야 헙니다. 우리가 무슨 공뢰 있소. 해외에서 일생을 우리 민족 위해 혈투해 온 그분들께 그냥 순종해 틀릴 게 조곰도 없습넨다.”

“직원님 의향 잘 알겠습니다. 그리고 저도 그분들께 감사하고 감격하는 건 누구헌테 지지 않습니다. 그러나 지금 조선 형편은 대외, 대내가 다 그렇게 단순치가 않답니다. 명분을 말씀 허시니 말이지, 광해조(光海朝) 때 일을 생각해 보십시오. 임진란(壬辰亂)에 명(明)의 구원을 받았지만, 명이 청태조(淸太祖)에게 시달리게 될 때, 이번엔 명이 조선에 구원군을 요구허지 않었습니까?”

“그게 바루 우리 조선서 대의명분론(大義名分論)이 일어난 시초요구려.”

“임진란 직후라 조선은 명을 도와 참전할 실력은 전혀 없는데 신하들의 대의명분상, 조선이 명과 함께 망해 버리는 한이라도 그냥 있을 순 없다는 것이 명분파요, 나라는 망하고 임군 노릇을 그만두더라도 여지껏 왜적에게 시달린 백성을 숨도 돌릴 새 없이 되짚어 도탄에 빠트릴 순 없다는 것이 택민파(澤民派)요, 택민론의 주창으로 몸소 폐위(廢位)까지 한 것이 광해군(光海君) 아닙니까? 나라들과 임군들 노름에 불쌍한 백성들만 시달려선 안 된다고 자기가 왕위를 폐리(廢履)같이 버리면서까지 택민론을 주장한 광해군이, 나는, 백성들은 어찌 됐든지 지배자들의 명분만 찾던 그 신하들보다 몇 배 훌륭했고, 정말 옳은 지도자였다고 생각합니다. 그리고 또 의리와 명분이라 하더라도 꼭 해외에서 온 이들에게만 편향하는 이유는 어디 있습니까?"

"거야 멀리 해외에서 다년간 조국 광복을 위해 싸웠고 이십칠팔 년이나 지켜 온 고절(孤節)이 있지 않소?"

"저는 그분들의 풍상을 굳이 헐하게 알려는 것도 결코 아닙니다. 지역은 해외든, 해내든, 진심으로 우리를 위해 꾸준히 싸워 온 이면 모두가 다 같이 우리 민족의 공경을 받아 옳을 것이고, 풍상이라 혈투라 하나, 제 생각엔 실상 악형에 피가 흐르고, 추위에 손발이 얼어 빠지고 한 것은 오히려 해내에서 유치장으로 감방으로 끌려 다니며 싸워 온 분들이 몇 배 더했으리라고 생각합니다. 육체적 고초뿐이 아니었습니다. 정신적으로 매수하는 가지가지 유인과 협박도 한두 번이 아니어서, 해내에서 열

번을 찍히어도 넘어가지 않고 싸워 낸 투사라면 나는 그런 어른이 제일 용타고 생각합니다."

"현공은 그저 공산파만 두둔하시는군!"

"해내엔 어디 공산파만 있었습니까? 그리고 이번에 공산당이 무산 계급 혁명으로가 아니라 민족의 자본주의적 민주 혁명으로 이내 노선을 밝혀 논 것은 무엇보다 현명했고, 그랬기 때문에 좌우익의 극단적 대립이 원칙상 용허되지 않아서 동포의 분열과 상쟁을 최소한으로 제지할 수 있는 것은 조선 민족을 위해 무엇보다 다행한 일이라고 저는 생각합니다."

"난 그게 무슨 말씀인지 잘 못 알아듣겠소만 그저 공산당 잘 못입넨다."

"어서 약주나 드십시다."

"우리야 늙은 게 뭘 아오만······."

김 직원은 술이 약한 편이었다. 이내 얼굴에 취기가 돌며,

"어째 우리 같은 늙은 거기로 꿈이 없었겠소? 공산파만 가만 있어 주면 곧 독립이 될 거구, 임시 정부 요인들이 다 고생허신 보람 있게 제자리에 턱턱 앉아 좀 잘 다스려 주겠소? 공연히 서로 싸우는 바람에 신탁 통치 문제가 생긴 것이오. 안 그렇고 무어요?"

하고 적이 노기를 띤다. 김 직원은, 밖에서는 소련이, 안에서는

공산당이 조선 독립을 방해하는 것이라 하였다. 이렇게 역사적, 또는 국제적인 견해가 없이 단순하게, 독립 전쟁을 해 얻은 해방으로 착각하는 사람에겐 여간 기술로는 계몽이 불가능하고, 현 자신에겐 그런 기술이 없음을 깨닫자 그저 웃는 낯으로 음식을 권했을 뿐이다.

김 직원은 그 이튿날도 현을 찾아왔고 현도 그다음 날은 그의 숙소로 찾아갔다. 현이 찾아간 날은,

"어째 당신넨 탁치 받기를 즐기시오?"

하였다.

"즐기는 게 아닙니다."

"그러면 즐겁지 않은 것도 임정에서 반탁을 허니 임정에서 허는 건 덮어놓고 반대하기 위해서 나중엔 탁치꺼지를 지지헌단 말이지요?"

"직원님께서도 상당히 과격허십니다그려."

"아니, 다 산 목숨이 그러면 삼국 외상헌테 매수돼서 탁치 지지에 잠자코 끌려가야 옳소?"

"건 좀 과허신 말씀이구! 저는 그럼, 장래가 많어서 무엇에 팔려서 삼상회담을 지지허는 걸로 보십니까?"

그 말에는 대답이 없으나 김 직원은 현의 태도에 그저 못마땅한 눈치만은 노골화하면서 있었다. 현은 되도록 흥분을 피하

며, 우리 민족의 해방은 우리 힘으로가 아니라 국제 사정의 영
향으로 되는 것이니까 조선 독립은 국제성의 지배를 벗어날 수
없는 것, 삼상회담의 지지는 탁치 자청이나 만족이 아니라 하나
는 자본주의 국가요 하나는 사회주의 국가인 미국과 소련이 그
세력의 선봉들을 맞댄 데가 조선이라 국제간에 공개적으로 조
선의 독립과 중립성이 보장되어야지, 급히 이름만 좋은 독립을
주어 놓고 소련은 소련대로, 미국은 미국대로, 중국은 중국대로
정치·경제 모두가 미약한 조선에 지하 외교를 시작하는 날은,
다시 이조말의 아관파천(俄館播遷)식의 골육 상쟁과 멸망의 길
밖에 없다는 것, 그러니까 모처럼 얻은 자유를 완전 독립에까지
국제적으로 보장되는 길을 택할 수밖에 없다는 것, 이왕조의 대
한(大韓)이 독립 전쟁을 해서 이긴 것이 아닌 이상, '대한' '대한'
하고 전제제국(專制帝國) 시대의 회고감(懷古感)으로 민중을 현
혹시키는 것은 조선 민족을 현실적으로 행복되게 지도하는 태
도가 아니라는 것, 지금 조선을 남북으로 갈라 진주해 있는 미
국과 소련은 무엇으로 보나 세계에서 가장 실제적인 국가들인
만치, 조선 민족은 비실제적인 환상이나 감상으로가 아니라 가
장 과학적이요, 세계사적인 확실한 견해와 준비가 없이는 그들
에게 적정한 응수를 할 수 없다는 것, 현은 재주껏 역설해 보았
으나 해방 이전에는, 현 자신이 기인여옥이라 예찬한 김 직원

은, 지금에 와서는, 돌과 같은 완강한 머리로 조금도 현의 말을 이해하려 하지 않고, 다만 같은 조선 사람인데 '대한'을 비판하는 것만 탐탁지 않았고, 그것은 반드시 공산주의의 농간이라 자가류(自家流)의 해석을 고집할 뿐이었다.

그 후 한동안 김 직원은 현에게 나타나지 않았다. 현도 바쁘기도 했지만 더 김 직원에게 성의도 나지 않아 다시는 찾아가지도 못하였다.

탁치 문제는 조선 민족에게 정치적 시련으로 너무 심각한 것이었다. 오늘 '반탁' 시위가 있으면 내일 '삼상회담 지지' 시위가 일어났다. 그만 군중은 충돌하고, 지도자들 가운데는 이것을 미끼로 정권 싸움이 악랄해 갔다. 결국, 해방 전에 있어 민족 수난의 십자가를 졌던 학병들이, 요행 죽지 않고 살아온 그들 속에서, 이번에도 이 불행한 민족 시련의 십자가를 지고 말았다.

이런 우울한 하루였다. 현의 회관으로 김 직원이 나타났다. 오늘 시골로 떠난다는 것이었다. 점심이나 같이 자시러 나가자 하니 그는 전과 달리 굳게 사양하였고, 아래층까지 따라 내려오는 것도 굳게 막았다. 전날 정리로 보아 작별만은 하러 들렀을 뿐, 현의 대접이나 인사는 긴치 않게 여기는 듯하였다.

"언제 서울 또 오시렵니까?"

"이런 서울 오고 싶지 않소이다. 시굴 가서도 그 두문동 구석으로나 들어가겠소."

하고 뒤도 돌아다보지 않고 분연히 층계를 내려가고 마는 것이
었다. 현은 잠깐 멍청히 섰다가 바람도 쏘일 겸 옥상으로 올라
왔다. 미국군의 지프가 물매미 떼처럼 서물거리는 사이에 김 직
원의 흰 두루마기와 검은 갓은 그 영자 너무나 표표함이 있었
다. 현은 문득 청조말(淸朝末)의 학자 왕국유(王國維)의 생각이
났다. 그가 일본에 와서 명곡(明曲)에 대한 강연이 있을 때, 현
도 들으러 간 일이 있는데, 그는 청나라식으로 도야지 꼬리 같
은 편발(編髮)을 그냥 드리우고 있었다. 일본 학생들은 킬킬 웃
었으나, 그의 전조(前朝)에 대한 충의를 생각하고 나라 없는 현
은 눈물이 날 지경으로 왕국유의 인격을 우러러보았었다. 그 뒤
에 들으니, 왕국유는 상해로 갔다가, 북경으로 갔다가, 아무리
헤매어도 자기가 그리는 청조의 그림자는 스러만 갈 뿐이므로,
'녹수청산부증개(綠水靑山不曾改) 우세창태석수간(雨洗蒼苔石
獸間)'을 읊조리고는 편발 그대로 곤명호(昆明湖)에 빠져 죽었
다는 것이었다. 이제 생각하면, 청나라를 깨트린 것은 외적이
아니라 저희 민족, 저희 인민의 행복과 진리를 위한 혁명으로였
다. 한 사람 군주에게 연연히 바치는 뜻도 갸륵한 바 없지 않으
나 왕국유가 그 정성, 그 목숨을 혁명을 위해 돌리었던들, 그것
은 더 큰 인생의 뜻이요 더 큰 진리의 존엄한 목숨일 수 있었을

것 아닌가? 일제 강점기에 그처럼 구박과 멸시를 받으면서도 끝내 부지해 온 상투 그대로, '대한'을 찾아 삼팔선을 모험해 한양성(漢陽城)에 올라왔다가 오늘, 이 세계사의 대사조 속에 한 조각 티끌처럼 아득히 가라앉아 가는 김 직원의 표표한 뒷모양을 바라볼 때, 현은 왕국유의 애틋한 최후를 연상하지 않을 수 없었다.

바람이 아직 차나 어딘지 부드러운 벌써 봄바람이다. 현은 담배를 한 대 피우고 회관으로 내려왔다. 친구들은 '프로예맹'과의 합동도 끝나고 이번엔 '전국문학자대회' 준비로 바쁘고들 있었다.

복덕방

철썩, 앞집 판장 밑에서 물 내버리는 소리가 났다. 주먹구구에 골똘했던 안 초시에게는 놀랄 만한 폭음이었던지, 다리 부러진 돋보기 너머로, 똑 모이를 쪼으려는 닭의 눈을 해 가지고 수챗구멍을 내다본다. 뿌연 뜨물에 휩쓸려 나오는 것이 여러 가지다. 호박 꼭지, 계란 껍데기, 거피해 버린 녹두 껍질.

"녹두 빈자떡을 부치는 게로군, 흥……."

한 오륙 년째 안 초시는 말끝마다 '젠장……'이 아니면 '흥!' 하는 코웃음을 잘 붙이었다.

"추석이 벌써 낼모레지! 젠장……."

안 초시는 저도 모르게 입맛을 다시었다. 기름내가 코에 풍기는 듯 대뜸 입안에 침이 흥건해지고 전에 괜찮게 지낼 때, 충치니 풍치니 하던 것은 거짓말이었던 것처럼 아래윗니가 송곳 끝같이 날카로워짐을 느끼었다.

안 초시는 그 날카로워진 이를 빈 입인 채 빠드득 소리가 나게 한 번 물어 보고 고개를 들었다.

하늘은 천 리같이 트였는데 조각구름들이 여기저기 널리었다. 어떤 구름은 깨끗이 바래 말린 옥양목처럼 흰빛이 눈이 부시다. 안 초시는 이내 자기의 때 묻은 적삼 생각이 났다. 소매를 내려다보는 그의 얼굴은 날래 들리지 않는다. 거기는 한 조박의 녹두빈자나 한 잔의 약주로써 어쩌지 못할, 더 슬픔과 더 고적함이 품겨 있는 것 같았다.

혹혹 소매 끝을 불어 보고 손끝으로 튀겨 보기도 하다가 목침을 세우고 눕고 말았다.

"이사는 팔하고 사오는 이십이라 천이 되지…… 가만…… 천이라? 사로 했으니 사천이라 사천 평…… 매 평에 아주 줄여 잡아 오 원씩만 하게 돼두 사 원 칠십오 전씩이 남으니, 그럼…… 사사는 십륙 일만 육천 원하구……."

안 초시가 다시 주먹구구를 거듭해서 얻어 낸 총액이 일만 구천 원, 단 천 원만 들여도 일만 구천 원이 되리라는 셈속이니, 만 원만 들이면 그게 얼만가? 그는 벌떡 일어났다. 이마가 화끈했다. 도사렸던 무릎을 얼른 곧추세우고 뒤나 보려는 사람처럼 쪼그렸다. 마코 갑이 번연히 빈 것인 줄 알면서도 다시 집어다 눌러 보았다. 주머니에는 단돈 십 전, 그도 안경다리를 고친다고 벌써 세 번쨴가 네 번째 딸에게서 사오십 전씩 얻어 가지고는 번번이 담뱃값으로 다 내어보내고 말던 최후의 십 전, 안 초시는 주머니에 손을 넣어 그것을 집어내었다. 백통화 한 푼을 얹은 야윈 손바닥, 가만히 떨리었다. 서 참의(徐參議)의 투박한 손을 생각하면 너무나 얇고 잔망스러운 손이거니 하였다. 그러나 이따금 술잔은 얻어먹고, 이렇게 내 방처럼 그의 복덕방(福德房)에서 잠까지 빌려 자건만 한 번도, 집 거간이나 해 먹는 서 참의의 생활이 부럽지는 않았다. 그래도 언제든지 한 번쯤은 무슨 수가 생기어 다시 한 번 내 집을 쓰게 되고, 내 밥을 먹게 되고, 내 힘과 내 낯으로 다시 한 번 세상에 부딪혀 보려니 믿어졌다.

　초시는 전에 어떤 관상쟁이의 '엄지손가락을 안으로 넣고 주먹을 쥐어야 재물이 나가지 않는다.'라는 말이 생각났다. 늘 그렇게 쥐노라고는 했지만 문득 생각이 나 내려다볼 때는, 으레 엄지손가락이 얄밉도록 밖으로만 쥐어져 있었다. 그래 드팀전을 하다가도 실패를 하였고, 그래 집까지 잡혀서 장전을 내었다가도 그만 화재를 보았거니 하는 것이다.

　"이놈의 엄지손가락아, 안으로 좀 들어가아, 젠장."

하고 연습 삼아 엄지손가락을 먼저 안으로 넣고 아프도록 두 주
먹을 꽉 쥐어 보았다. 그리고 당장 내어보낼 돈이면서도 그 십
전짜리를 그렇게 쥔 주먹에 단단히 넣고 담배 가게로 갔다.

이 복덕방에는 흔히 세 늙은이가 모이었다.

언제, 누가 와, 집 보러 가잘지 몰라, 늘 갓을 쓰고 앉아서 행
길을 잘 내다보는, 얼굴 붉고 눈방울 큰 노인은 주인 서 참의다.
참의로 다니다가 합병 후에는 다섯 해를 놀면서 시기를 엿보았
으나 별수가 없을 것 같아서 이럭저럭 심심파적으로 갖게 된 것
이 이 가옥 중개업(家屋仲介業)이었다. 처음에는 겨우 굶지 않
을 만한 수입이었으나 대정 팔구 년 이후로는 시골 부자들이 세
금에 몰려, 혹은 자녀들의 교육을 위해 서울로만 몰려들고, 그
런 데다 돈은 흔해져서 관철동(貫鐵洞), 다옥정(茶屋町) 같은 중
앙 지대에는 그리 고옥만 아니면 만 원대를 예사로 훌훌 넘었
다. 그 판에 봄가을로 어떤 달에는 삼사백 원 수입이 있어, 그러
기를 몇 해를 지나 가회동(嘉會洞)에 수십 간 집을 세웠고 또 몇
해 지나지 않아서는 창동(倉洞) 근처에 땅을 장만하기 시작하였
다. 지금은 중개업자도 많이 늘었고 건양사(建陽社) 같은 큰 건
축 회사가 생기어서 당자끼리 직접 팔고 사는 것이 원칙처럼 되
어 가기 때문에 중개료의 수입은 전보다 훨씬 준 셈이다. 그러
나 이십여 간 집에 학생을 치고 싶은 대로 치기 때문에 서 참의

의 수입이 없는 달이라고 쌀값이 밀리거나 나무 값에 졸릴 형편
은 아니다.

"세상은 먹구 살게는 마련야⋯⋯."

서 참의가 흔히 하는 말이다. 칼을 차고 훈련원에 나서 병법
을 익힐 제는, 한 번 호령만 하고 보면 산천이라도 물러설 것 같
던, 그 기개와 오늘의 자기, 한낱 가쾌로 복덕방 영감으로 기생,
갈보 따위가 사글셋방 한 칸을 얻어 달래도 네네 하고 따라나서
야 하는, 만인의 심부름꾼인 것을 생각하면 서글픈 눈물이 아니
날 수도 없는 것이다. 워낙 술을 즐기기도 하지만 어떤 때는 남
몰래 이런 감회(感懷)를 이기지 못해서 술집에 들어선 적도 여
러 번이다.

그러나 호반(武人)들의 기개란 흔히 혈기(血氣)에서 나오는
것이기 때문이지 몸에서 혈기가 줆에 따라 그런 감회를 일으킴
조차 요즘은 적어지고 말았다. 하루는 집에서 점심을 먹다 듣노
라니 무슨 장사치의 외는 소리인데 아무래도 귀에 익은 목청이
다. 자세히 귀를 기울이니 점점 가까이 오는 소리인데 제법 무
엇을 사라는 소리가 아니라 '유리병이나 간장통 팔거쏘!' 하는
소리이다. 그런데 그 목청이 보면 꼭 알 사람 같아, 일어서 마루
들창으로 내다보니, 이번에는 '가마니나 신문 잡지나 팔거쏘!'
하면서 가마니 두어 개를 지고 한 손에는 저울을 들고 중노인이

나 된 사나이가 지나가는데 아는 사람은 확실히 아는 사람이다. 그러나 그를 어디서 알았으며 성명이 무엇이며 애초에는 무엇을 하던 사람인지가 감감해지고 말았다.

"오오라! 그렇군…… 분명…… 저런!"

하고 그는 한참 만에 고개를 끄덕이었다. 그 유리병과 간장통을 외는 소리가 골목 안으로 사라져 갈 즈음에야 서 참의는 그가 누구인 것을 깨달아 낸 것이다.

"동관(同官) 김 참의……. 허!"

나이는 자기보다 훨씬 연소하였으나 학식과 재기가 있는데다 호령 소리가 좋아 상관에게 늘 칭찬을 받던 청년 무관이었다. 이십여 년 뒤에 들어도 갈 데 없이 그 목청이요 그 모습이었다. 전날의 그를 생각하고 오늘의 그를 보니 적이 감개에 사무치어 밥숟가락을 멈추고 냉수만 거듭 마시었다.

그러나 전에 혈기 있을 때와 달라 그런 기분이 오래가지는 않았다. 중학교 졸업반인 둘째 아들이 학교에 갔다 들어서는 것을 보고, 또 싸전에서 쌀값 받으러 와 마누라가 선선히 시퍼런 지전을 내어 헤는 것을 볼 때 서 참의는 이내 속으로,

'거저 살아야지 별수 있나. 저렇게 개가죽을 쓰고 돌아다니는 친구도 있는데……. 에헴.'

하였을 뿐 아니라 그런 절박한 친구에다 대면 자기는 얼마나 흘

륭한 지체냐 하는 자존심도 없지 않았다.

'지난 일 그까짓 생각할 건 뭐 있나. 사는 날까지……. 허허.'

여생을 웃으며 살 작정이었다. 그래 그런지 워낙 좀 실없는 티가 있는 데다 요즘 와서는 누구에게나 농지거리가 늘어 갔다. 그래 늘 눈이 달리고 뾰로통한 입으로는 말끝마다 젠장 소리만 나오는 안 초시와는 성미가 맞지 않았다.

"쫌보야, 술 한 잔 사 주랴?"

쫌보라는 말이 자기를 업수이 여기는 것 같아서 안 초시는 이내 발끈해 가지고,

"네깟 놈 술 더러 안 먹는다."

한다.

"화투 패나 밤낮 떼면 너이 어멈이 살아온다덴?"

하고 서 참의가 발끝으로 화투장들을 밀어 던지면 그만 얼굴이 새빨개져서 쌔근쌔근하다가 부채면 부채, 담뱃갑이면 담뱃갑, 자기의 것을 냉큼 집어 들고 다시 안 올 듯이 새침해 나가 버리는 것이다.

"조게 계집이문 천생 남의 첩 감이야."

하고 서 참의는 껄껄 웃어 버리나 안 초시는 이렇게 돼서 올라가면 한 이틀씩 보이지 않았다.

한 번은 안 초시의 딸의 무용회(舞踊會) 날 밤이었다. 안경화

(安京華)라고, 한동안 토월회(土月會)에도 다니다가 대판(大阪)에 가 있느니 동경(東京)에 가 있느니 하더니 오륙 년 뒤에 무용가로라 이름을 날리며 서울에 나타났다. 바로 제일회 공연 날 밤이었다. 서 참의가 조르기도 했지만, 안 초시도 딸의 사진과 이야기가 신문마다 나는 바람에 어깨가 으쓱해서 공표를 얻을 수 있는 대로 얻어 가지고 서 참의뿐 아니라 여러 친구를 청했던 것이다.

"허! 저기 한가운데서 한창 다릿짓하는 게 자네 딸인가?"

남은 다 멍멍히 앉았는데 서 참의가 해괴한 것을 보는 듯 마땅치 않은 어조로 물었다.

"무용이란 건 문명국일수록 벗구 한다네그려."

약기는 한 안 초시는 미리 이런 대답으로 막았다.

"모르겠네 원……. 지금 총각 놈들은 모두 등신인가 바……."

"왜?"

하고 이번에는 다른 친구가 탄하였다.

"우린 총각 시절에 저런 걸 보문 그냥 못 배기네."

"빌어먹을 녀석……. 나잇값을 못하구 개야 저건 개……."

벌써 안 초시는 분통이 발끈거려서 나오는 소리였다.

한 가지가 끝나고 불이 환하게 켜졌을 때다.

"도루, 차라리 여배우 노릇을 댕기라구 그래라. 여배운 그래두 저렇게 넓적다린 내놓구 덤비지 않더라."

"그 자식 오지랖 경치게 넓네. 네가 안방 건넌방이 몇 칸이요 나 알았지 뭘 쥐뿔이나 안다구 그래? 보기 싫건 나가렴."
하고 안 초시는 화를 발끈 내었다. 그러니까 서 참의도 안방 건 넌방 말에 화가 나서 꽤 높은 소리로,

"넌 또 뭘 아니? 요 쫌보야."
하고 일어서 버리었다.

이 일이 있은 후 안 초시는 거의 달포나 서 참의의 복덕방에 나오지 않았다. 그런 걸 박희완 영감이 가서 데리고 왔다.

박희완 영감이란 세 영감 중의 하나로 안 초시처럼 이 복덕방에 와 자기까지는 안 하나 꽤 쏠쏠히 놀러 오는 늙은이다. 아니 놀러 오기만 하는 것이 아니라 와서는 공부도 한다. 재판소에 다니는 조카가 있어 대서업(代書業)운동을 한다고 《속수국어독 본(速修國語讀本)》을 노상 끼고 《삼국지(三國志)》를 읽던 투로,

"긴상 도코 에 유키이마스카."
어쩌고를 외고 있는 것이다.

그러나 《속수국어독본》 뚜껑이 손때에 절고, 또 어떤 때는 목 침 위에 받쳐 베고 낮잠도 자서 머리때까지 새까맣게 절어 조선 총독부편찬(朝鮮總督府編纂)이란 잔글자들은 보이지 않게 되도 록, 대서업 허가는 의연히 나오지 않는 모양이었다.

"너나 내나 다 산 것들이 업 가져 뭘 허니. 무슨 세월에. 흥!"

하고 어떤 때, 안 초시는 한나절이나 화투 패를 떼다 안 떨어지면 그 화풀이로 박희완 영감이 들고 중얼거리는 《속수국어독본》을 툭 채어 행길로 팽개치며 그랬다.

"넌 또 무슨 재술 바라구 밤낮 화투 패나 떨어지길 바라니?"

"난 심심풀이지."

그러나 속으로는 박희완 영감보다 더 세상에 대한 야심이 끓었다. 딸이 평양으로 대구로 다니며 지방 순회까지 하여서 제법 돈냥이나 걷힌 것 같으나 연구소를 내느라고 집을 뜯어고친다, 유성기를 사들인다, 교제를 하러 돌아다닌다 하느라고, 더구나 귀찮게만 아는 이 애비를 위해 쓸 돈은 예산에부터 들지 못하는 모양이었다.

"애? 솜이 낡아 그런지, 샀바느질이 돼 그런지 바지 솜이 모두 치어서 어떤 덴 홑옷이야. 암만해두 샤스 한 벌 사 입어야겠다."

하고 딸의 눈치만 보아 오다 한 번은 입을 열었더니,

"어련히 인제 사 드릴라구요."

하고 딸은 대답은 선선하였으나 샤스는 그해 겨울이 다 지나도록 구경도 못 하였다. 샤스는커녕 안경다리를 고치겠다고 돈 일원만 달래도 일 원짜리를 굳이 바꿔다가 오십 전 한 닢만 주었다. 안경은 돈을 좀 주무르던 시절에 장만한 것이라 테만 오륙

원 먹은 것이어서 오십 전만으로 그런 다리는 어림도 없었다. 오십 전짜리 다리도 있지만 살 바에는 조촐한 것을 택하던 초시의 성미라 더구나 면상에서 짝짝이로 드러나는 것을 사기가 싫었다. 차라리 종이 노끈인 채 쓰기로 하고 오십 전은 담뱃값으로 나가고 말았다.

"왜 안경다린 안 고치셨어요?"

딸이 그날 저녁으로 물었다.

"흥…….."

초시는 말은 하지 않았다. 딸은 며칠 뒤에 또 오십 전을 주었다. 그러면서 어떻게 들으라고 하는 소리인지,

"아버지 보험료만 해두 한 달에 삼 원 팔십 전씩 나가요."

하였다. 보험료나 타게 어서 죽어 달라는 소리로도 들리었다.

"그게 내게 상관있니?"

"아버지 위해 들었지 누구 위해 들었게요 그럼?"

초시는 '정말 날 위해 하는 거문 살아서 한 푼이라두 다우. 죽은 뒤에 내가 알 게 뭐냐?' 소리가 나오는 것을 억지로 참았다.

"오십 전이문 왜 안경다릴 못 고치세요?"

초시는 설명하지 않았다.

"지금 아버지가 좋고 낮은 걸 가리실 처지야요?"

그러나 오십 전은 또 마코 값으로 다 나갔다. 이러기를 아마

서너 번째다.

"자식도 소용없어. 더구나 딸자식…… 그저 내 수중에 돈이 있어야……."

초시는 돈의 긴요성을 날로 날로 더욱 심각하게 느끼었다.

"돈만 가지면야 좀 좋은 세상인가!"

심심해서 운동 삼아 좀 나다녀 보면 거리마다 짓느니 고층 건축들이요, 동네마다 느느니 그림 같은 문화 주택들이다. 조금만 정신을 놓아도 물에서 갓 튀어나온 메기처럼 미끈미끈한 자동차가 등덜미에서 소리를 꽥 지른다. 돌아다보면 운전수는 눈을 부릅떴고 그 뒤에는 금시곗줄이 번쩍거리는, 살진 중년 신사가 빙그레 웃고 앉았는 것이었다.

"예순이 낼 모레……. 젠장할 것."

초시는 늙어 가는 것이 원통하였다. 어떻게 해서나 더 늙기 전에 적게 돈 만 원이라도 붙들어 가지고 내 손으로 다시 한 번 이 세상과 교섭해 보고 싶었다. 지금 이 꼴로서야 문화 주택이 암만 서기로 내게 무슨 상관이며 자동차, 비행기가 개미 떼나 파리 떼처럼 퍼지기로 나와 무슨 인연이 있는 것이냐, 세상과 자기와는 자기 손에서 돈이 떨어진, 그 즉시로 인연이 끊어진 것이라 생각되었다.

"그러면 송장이나 다름없지 뭔가?"

초시는 이런 질문을 자신에게 던진 지가 이미 오래였다.

"무슨 수가 없을까?"

또,

"무슨 그루테기가 있어야 비비지!"

그러다도,

"그래도 돈냥이나 엎질러 본 녀석이 벌기도 하는 게지."

하고 그야말로 무슨 그루터기만 만나면 꼭 벌 자신이었다.

그러다가 박희완 영감에게서 들은 말이었다. 관변에 있는 모 유력자를 통해 비밀리에 나온 말인데 황해 연안에 제2의 나진 (羅津)이 생긴다는 말이었다. 지금은 관청에서만 알 뿐이나 축 항 용지(築港用地)는 비밀리에 매수되었으므로 불원하여 당국 자로부터 공표가 있으리라는 것이다.

"그럼 거기가 황무진가? 전답들인가?"

초시는 눈이 뻘개 물었다.

"밭이라데."

"밭? 그럼 매평 얼마나 간다나?"

"좀 올랐대. 관청에서 사는 바람에 아무리 시굴 사람들이기루 그만 눈치 없겠나. 무슨 일루 관청서 사는진 모르거든……."

"그래?"

"그래, 그리 오르진 않았대……. 평당 이십오륙 전씩이면 살

수 있다나 보데. 그러니 화중지병이지 뭘 허나 우리가…….”

“음…….”

초시는 관자놀이가 욱신거리었다. 정말이기만 하면 한 시각이라도 먼저 덤비는 놈이 더 먹는 판이다. 나진도 오륙 전 하던 땅이 한 번 개항된다는 소문이 나자 당년으로 오륙 전의 백 배 이상이 올랐고 삼사 년 뒤에는, 땅 나름이지만 어떤 요지(要地)는 천 배 이상이 오른 데가 많다.

‘다 산 나이에 오래 끌 건 뭐 있나. 당년으로 넘겨두 최소한도 오 원씩야 무려할 테지…….’

혼자 생각한 초시는,

“대관절 어디란 말야 거기가?”

하고 나앉으며 물었다.

“그걸 낸들 아나?”

“그럼?”

“그 모 씨라는 이만 알지. 그리게 날더러 단 만 원이라도 자본을 운동하면 자기는 거기서도 어디어디가 요지라는 걸 설계도를 복사해 낸 사람이니까 그 요지만 산단 말이지, 그리구 많이 바라지 않어. 비용 죄다 제치구 순이익의 이 할만 달라는 거야.”

“그럴 테지……. 누가 그런 자국을 일러 주구 구경만 하자겠나……. 이 할이라……. 이 할…….”

초시는 생각할수록 이것이 훌륭한, 그 무슨 그루터기가 될 것 같았다. 나진의 선례도 있거니와 박희완 영감 말이 만주국이 되는 바람에 중국과의 관계가 미묘해지므로 황해 연안에도 으레 나진과 같은 사명을 갖는 큰 항구가 필요할 것은 상식으로도 추측할 바이라 하였다. 초시의 상식에도 그것을 믿을 수 있었다.

오늘은 오래간만에 피죤을 사서, 거기서 아주 한 대를 피워 물고 왔다. 어째 박희완 영감이 종일 보이지 않는다. 다른 데로 자금 운동을 다니나 보다 하였다. 서 참의는 점심 전에 나간 사람이 어디서 흥정이 한 자리 떨어지느라고인지 아직 돌아오지 않는다. 안 초시는 미닫이틀 위에서 낡은 화투를 꺼내었다.

"허, 이거 봐라!"

여간해선 잘 떨어지지 않던 거북패가 단번에 뚝 떨어진다. 누가 옆에 있어 좀 보아 줬으면 싶었다.

"아무래두 이게 심상치 않어……. 이제 재수가 트이나 부다!"

초시는 반도 타지 않은 담배를 행길로 내어던졌다. 출출하던 판에 담배만 몇 대를 피고 나니 목이 컬컬해진다. 앞집 수채에는 뜨물에 떠내려가다 막힌 녹두 껍질이 그저 누렇게 보인다.

"오냐, 내년 추석엔……."

초시는 이날 저녁에 박희완 영감에게서 들은 이야기를 딸에게 하였다. 실패는 했을지라도 그래도 십수 년을 상업계에서 논

안 초시라 출자(出資)를 권유하는 수작만은 딸이 듣기에도 딴사
람인 듯 놀라웠다. 딸은 즉석에서는 가부를 말하지 않았으나 그
의 머릿속에서도 이내 잊혀지지는 않았던지 다음 날 아침에는,
딸 편이 먼저 이 이야기를 다시 꺼내었고, 초시가 박희완 영감
에게 묻던 이상으로 시시콜콜히 캐어물었다. 그러면 초시는 또
박희완 영감 이상으로 손가락으로 가리키듯 소상히 설명하였
고 일 년 안에 청장(淸帳)을 하더라도 최소한도로 오십 배 이상
의 순이익이 날 것이라 장담 장담하였다.

딸은 솔깃했다. 사흘 안에 연구소 집을 어느 신탁회사(信託會
社)에 넣고 삼천 원을 돌리기로 하였다. 초시는 금시발복(今時
發福)이나 된 듯 뛰고 싶게 기뻤다.

"서 참의 이놈, 날 은근히 멸시했것다. 내 굳이 널 시켜 네 집
보다 난 집을 살 테다. 네깟 놈이 천생 가쾌지 별거냐……"

그러나 신탁 회사에서 돈이 되는 날은 웬 처음 보는 청년 하
나가 초시의 앞을 가리며 나타났다. 그는 딸의 청년이었다. 딸
은 아버지의 손에 단 일 전도 넣지 않았고 꼭 그 청년이 나서 돈
을 쓰며 처리하게 하였다. 처음에는 팩 나오는 노염을 참을 수
가 없었으나 며칠 밤을 지내고 나니, 적어도 삼천 원의 순이익
이 오륙만 원은 될 것이라, 만 원 하나야 어디로 가랴 하는 타협
이 생기어서 안 초시는 으슬으슬 그, 이를테면 사위 녀석 격인

청년의 뒤를 따라나섰다.

일 년이 지났다.

모두 꿈이었다. 꿈이라도 너무 악한 꿈이었다. 삼천 원어치 땅을 사 놓고 날마다 신문을 훑어보며 수소문을 하여도 거기는 축항이 된단 말이 신문에도, 소문에도 나지 않았다. 용당포(龍塘浦)와 다사도(多獅島)에는 땅값이 삼십 배가 올랐느니 오십 배가 올랐느니 하고 졸부들이 생겼다는 소문이 있어도 여기는 감감소식일 뿐 아니라 나중에, 역시, 이것도 박희완 영감을 통해 알고 보니 그 관변 모 씨에게 박희완 영감부터 속아 떨어진 것이었다.

축항 후보지로 측량까지 하기는 하였으나 무슨 결점으로인지 중지되고 마는 바람에 너무 기민하게 거기다 땅을 샀던, 그 모 씨가 그 땅 처치에 곤란하여 꾸민 연극이었다.

돈을 쓸 때는 일 원짜리 한 장 만져도 못 봤지만 벼락은 초시에게 떨어졌다. 서너 끼씩 굶어도 밥 먹을 정신이 나지도 않았거니와 밥을 먹으러 들어갈 수도 없었다.

"재물이란 친자간의 의리도 배추 밑 도리듯 하는 건가?"

탄식할 뿐이었다. 밥보다는 술과 담배가 그리웠다. 물론 안경다리는 그저 못 고치었다. 그러나 이제는 오십 전짜리는커녕 단십 전짜리도 얻어 볼 길이 없다.

추석 가까운 날씨는 해마다의 그때와 같이 맑았다. 하늘은 천리같이 트였는데 조각구름들이 여기저기 널리었다. 어떤 구름은 깨끗이 바래 말린 옥양목처럼 흰빛이 눈이 부시다. 안 초시는 이번에도 자기의 때 묻은 적삼 생각이 났다. 그러나 이번에는 소매 끝을 불거나 떨지는 않았다. 고요히 흘러내리는 눈물을 그 더러운 소매로 닦았을 뿐이다.

여름이 극성스럽게 덥더니, 추위도 그럴 징조인지 예년보다 무서리가 일찍 내리었다. 서 참의가 늘 지나다니는 식은 관사(殖銀官舍)에들 울타리가 넘게 피었던 코스모스들이 끓는 물에 데쳐 낸 것처럼 시커멓게 무르녹고 말았다.

참의는 머리가 떵하였다. 요즘 와서 울기 잘하는 안 초시를 한 번 위로해 주려, 엊저녁에는 데리고 나와 청요릿집으로, 추탕집으로 새로 두 점을 치도록 돌아다닌 때문 같았다. 조반이라고 몇 술 뜨기는 했으나 혀도 그냥 뻑뻑하다. 안 초시도 그럴 것이니까 해는 벌써 오정이지만 끌고 나와 해장술이나 먹으리라 하고 부지런히 내려와 보니, 웬일인지 복덕방이라고 쓴 베 발이 아직 내걸리지 않았다.

"이 사람 봐아……. 어느 땐 줄 알구 코만 고누……."

그러나 코고는 소리는 들리지 않았다. 미닫이를 밀어 젖힌 서 참의는 정신이 번쩍 났다.

안 초시의 입에는 피, 얼굴은 잿빛이다. 방 안은 움 속처럼 음습한 바람이 휭 끼친다.

"아니……?"

참의는 우선 미닫이를 닫고 눈을 비비고 초시를 들여다보았다. 안 초시는 벌써 아니요, 안 초시의 시체일 뿐, 둘러보니 무슨 약병인 듯한 것 하나가 굴러져 있다.

참의는 한참 만에야 이 일이 슬픈 일인 것을 깨달았다.

"허……."

파출소로 갈까 하다 그래도 자식한테 먼저 알려야겠다 하고 말만 듣던 그 안경화 무용 연구소를 찾아가서 안경화를 데리고 왔다.

딸이 한참 울고 난 뒤다.

"관청에 어서 알려야지?"

"아니야요. 아스세요."

딸은 펄쩍 뛰었다.

"아스라니?"

"저……."

"저라니?"

"제 명예도 좀……."

하고 그는 애원하였다.

"명예? 안 될 말이지. 명옐 생각하는 사람이 애빌 저 모양으루 세상 떠나게 해?"

"……."

안경화는 엎드려 다시 울었다. 그러다가 나가려는 서 참의의 다리를 끌어안고 놓지 않았다. 그리고,

"절 살려 주세요."

소리를 몇 번이나 거듭하였다.

"그럼 비밀은 내가 지킬 테니 나 하자는 대루 할까?"

"네."

서 참의는 다시 앉았다.

"부친 위해 보험 든 거 있지?"

"네 간이 보험이야요."

"무슨 보험이든……, 얼마나 타게 되누?"

"사백팔십 원요."

"부친 위해 들었으니 부친 위해 다 써야지?"

"그럼요."

"에헴, 그럼……, 돌아간 이가 늘 속샤스를 입구퍼 했어. 상등 털샤스를 사다 입히구, 그 위에 진견으로 수의 일습 구색 맞춰 짓게 허구……. 선산이 있나, 묻힐 데가?"

"웬걸요, 없어요."

"그럼 공동묘지라도 특등지루 널찍하게 사구…… . 장례식을
장하게 해야 말이지 초라하게 해 버리면 내가 그저 안 있을 게
야. 알아들어?"

"네에."

안경화는 그제야 핸드백을 열고 눈물 젖은 얼굴을 닦았다.

안 초시의 소위 영결식(永訣式)이 그 딸의 연구소 마당에서
열리었다.

서 참의와 박희완 영감은 술이 거나하게 취해 갔다. 박희완
영감이 무얼 잡혀서 가져왔다는 부의(賻儀) 이 원을 서 참의가,

"장례비가 넉넉하니 자네 돈 그 계집애 줄 거 없네."

하고 우선 술집에 들러 거나하게 곱빼기들을 한 것이다.

영결식장에는 제법 반반한 조객들이 모여들었다. 예복을 차
리고 온 사람도 두엇 있었다. 모두 고인을 알아 온 것이 아니요,
무용가 안경화를 보아 온 사람들 같았다.

그중에는, 고인의 슬픔을 알아 우는 사람인지, 기분으로 우
는 사람인지 울음을 삼키느라고 끅끅하는 사람도 있었다. 안경
화도 제법 눈이 젖어 가지고 신식 상복이라나 공단 같은 새까만
양복으로 관 앞에 나와 향불을 놓고 절하였다. 그 뒤를 따라 한
이십 명 관 앞에 와 꾸벅거리었다. 그리고 무어라고 지껄이고
나가는 사람도 있었다.

그들의 분향이 거의 끝난 듯하였을 때,

"에헴!"

하고 얼굴이 시뻘건 서 참의도 한마디 없을 수 없다는 듯이 나섰다. 향을 한 움큼이나 집어 놓아 연기가 시커멓게 올려 솟더니 불이 일어났다. 후후 불어 불을 끄고, 수염을 한 번 쓰다듬고 절을 했다. 그리고 다시,

"헴……."

하더니 조사(弔辭)를 하였다.

"나 서 참일세, 알겠나? 흥……. 자네 참 호살세 호사야……. 잘 죽었느니. 자네 살았으믄 이만 호살 해 보겠나? 인전 안경다리 고칠 걱정두 없구……. 아무튼지……."

하는데 박희완 영감이 들어서더니,

"이 사람 취했네그려."

하며 서 참의를 밀어냈다.

박희완 영감도 가슴이 답답하였다. 분향을 하고 무슨 소리를 한마디 했으면 속이 후련히 트일 것 같아서 잠깐 멈칫하고 서 있어 보았으나,

"으흐……."

하고 울음이 먼저 터져 그만 나오고 말았다.

서 참의와 박희완 영감도 묘지까지 나갈 작정이었으나 거기

모인 사람들이 하나도 마음에 들지 않아 도로 술집으로 내려오고 말았다.

달밤

성북동(城北洞)으로 이사 나와서 한 대엿새 되었을까, 그날 밤 나는 보던 신문을 머리맡에 밀어 던지고 누워 새삼스럽게,

"여기도 정말 시골이로군!"

하였다.

무어 바깥이 컴컴한 걸 처음 보고 시냇물 소리와 쏴아 하는 솔바람 소리를 처음 들어서가 아니라 황수건이라는 사람을 이 날 저녁에 처음 보았기 때문이다.

그는 말 몇 마디 사귀지 않아서 곧 못난이란 것이 드러났다. 이 못난이는 성북동의 산들보다 물들보다, 조그만 지름길들보다 더 나에게 성북동이 시골이란 느낌을 풍겨 주었다.

서울이라고 못난이가 없을 리야 없겠지만 대처에서는 못난이들이 거리에 나와 행세를 하지 못하고, 시골에선 아무리 못난이라도 마음 놓고 나와 다니는 때문인지, 못난이는 시골에만 있는 것처럼 흔히 시골에서 잘 눈에 뜨인다. 그리고 또 흔히 그는 태고 때 사람처럼 그 우둔하면서도 천진스런 눈을 가지고, 자기 동리에 처음 들어서는 손에게 가장 순박한 시골의 정취를 돋워 주는 것이다.

그런데 그날 밤 황수건이는 열 시가 다 되어서 우리 집을 찾아왔다.

그는 어두운 마당에서 꽥 지르는 소리로,

"아, 이 댁이 문안서……."

하면서 들어섰다. 잡담 제하고 큰일이나 난 사람처럼 건넌방 문 앞으로 달려들더니,

"저, 저 문안 서대문 거리라나요, 어디선가 나오신 댁입쇼?"

한다.

보니 합비는 입지 않았으되 신문을 들고 온 것이 신문 배달부이다.

"그렇소, 신문이오?"

"아, 그런 걸 사흘이나 저, 저 건너 쪽에만 가 찾았습죠. 제가……."

하더니 신문을 방에 들이뜨리며,

"그런뎁쇼, 왜 이렇게 죄꼬만 집을 사구 와 곕쇼. 아, 내가 알었더면 이 아래 큰 개와집도 많은 걸입쇼……."

한다. 하, 말이 황당스러워 유심히 그의 생김을 내다보니 눈에 얼른 두드러지는 것이 빡빡 깎은 머리로되 보통 크다는 정도 이상으로 골이 크다. 그런 데다 옆으로 보니 장구 대가리다.

"그렇소? 아무튼 집 찾느라고 수고했소."

하니 그는 큰 눈과 큰 입이 일시에 히죽거리며,

"뭘입쇼, 이게 제 업인뎁쇼."

하고 날래 물러서지 않고 목을 길게 빼어 방 안을 살핀다. 그러더니 묻지도 않는데,

"저는입쇼, 이 동네 사는 황수건이라 합니다……."

하고 인사를 붙인다. 나도 깍듯이 내 성명을 대었다. 그는 또 싱글벙글하면서,

"댁엔 개가 없구먼입쇼."

한다.

"아직 없소."

하니,

"개 그까짓 거 두지 마십쇼."

한다.

"왜 그렇소?"

하고 물으니, 그는 얼른 대답하는 말이,

　"신문 보는 집엔입쇼, 개를 두지 말아야 합니다."

한다. 이것 재미있는 말이다 하고 나는,

　"왜 그렇소?"

하고 또 물었다.

　"아, 이 뒷동네 은행소에 댕기는 집엔입쇼, 망아지만 한 개가 있는뎁쇼, 아, 신문을 배달할 수가 있어얍죠."

　"왜?"

　"막 깨물랴고 덤비는 걸입쇼."

한다. 말 같지 않아서 나는 웃기만 하니 그는 더욱 신을 낸다.

　"그눔의 개 그저, 한 번, 양떡을 멕여 대야 할 텐데……."

하면서 주먹을 부르대는데 보니, 손과 팔목은 머리에 비기어 반비례로 작고 가느다랗다.

　"어서 곤할 텐데 가 자시오."

하니 그는 마지못해 물러서며,

　"선생님, 참 이 선생님 편안히 주무쇼. 저이 집은 여기서 얼마 안 되는 걸입쇼."

하더니 돌아갔다.

　그는 이튿날 저녁, 집을 알고 오는데도 아홉 시가 지나서야,

"신문 배달해 왔습니다."

하고 소리를 치며 들어섰다.

"오늘은 왜 늦었소?"

하고 물으니,

"자연 그럽죠."

하고 다른 이야기를 꺼냈다.

자기는 워낙 이 아래 있는 삼산 학교에서 일을 보다 어떤 선생하고 뜻이 덜 맞아 나왔다는 것, 지금은 신문 배달을 하나 원배달이 아니라 보조 배달이라는 것, 저희 집엔 양친과 형님 내외와 조카 하나와 저희 내외까지 식구가 일곱이라는 것, 저희 아버지와 저희 형님의 이름은 무엇 무엇이며, 자기 이름은 황가인 데다가 목숨 수(壽) 자하고 세울 건(建) 자로 황수건이기 때문에, 아이들이 노랑 수건이라고 놀리어서 성북동에서는 가가호호에서 노랑 수건 하면, 다 자긴 줄 알리라고 자랑스럽게 이야기하다가 이날도,

"어서 그만 다른 집에도 신문을 갖다 줘야 하지 않소?"

하니까 그때서야 마지못해 나갔다.

우리 집에서는 그까짓 반편과 무얼 대꾸를 해 가지고 그러느냐 하되, 나는 그와 지껄이기가 좋았다.

그는 아무것도 아닌 것을 가지고 열심스럽게 이야기하는 것

이 좋았고, 그와는 아무리 오래 지껄이어도 힘이 들지 않고, 또 아무리 오래 지껄이고 나도 웃음밖에는 남는 것이 없어 기분이 거뜬해지는 것도 좋았다. 그래서 나는 무슨 일을 하는 중만 아니면 한참씩 그의 말을 받아 주었다.

어떤 날은 서로 말이 막히기도 했다. 대답이 막히는 것이 아니라 무슨 말을 해야 할까 하고 막히었다. 그러나 그는 늘 나보다 빠르게 이야깃거리를 잘 찾아냈다. 오뉴월인데도 '꿩고기를 잘 먹느냐?'고도 묻고, '양복은 저고리를 먼저 입느냐 바지를 먼저 입느냐?'고도 묻고 '소와 말과 싸움을 붙이면 어느 것이 이기겠느냐?'는 둥 아무튼 그가 얘깃거리를 취재하는 방면은 기상천외로 여간 범위가 넓지 않은 데는 도저히 당할 수가 없었다.

하루는 나는 '평생 소원이 무엇이냐?'고 그에게 물어보았다. 그는 '그까짓 것쯤 얼른 대답하기는 누워서 떡 먹기.'라고 하면서 평생 소원은 자기도 원 배달이 한 번 되었으면 좋겠다는 것이었다.

남이 혼자 배달하기 힘들어서 한 이십 부 떼어 주는 것을 배달하고, 월급이라고 원 배달에게서 한 삼 원 받는 터이라 월급을 이십여 원을 받고, 신문사 옷을 입고, 방울을 차고 다니는 원 배달이 제일 부럽노라 하였다. 그리고 방울만 차면 자기도 뛰어다니며 빨리 돌 뿐 아니라 그 은행소에 다니는 집 개도 조금도 무서울 것이 없겠노라 하였다.

그래서 나는 '그럴 것 없이 아주 신문사 사장쯤 되었으면 원 배달도 바랄 것 없고 그 은행소에 다니는 집 개도 상관할 바 없지 않겠느냐?' 한즉 그는 뚱그래지는 눈알을 한참 굴리며 생각하더니 '딴은 그렇겠다.'고 하면서, 자기는 경난이 없어 거기까지는 바랄 생각도 못 하였다고 무릎을 치듯 가슴을 쳤다.

그러나 신문 사장은 이내 잊고 원 배달만 마음에 박혔던 듯, 하루는 바깥 마당에서부터 무어라고 떠들어 대며 들어왔다.

"이 선생님? 이 선생님 곕쇼? 아, 저도 내일부턴 원 배달이올시다. 오늘 밤만 자면입쇼……."

한다. 자세히 물어보니 성북동이 따로 한 구역이 되었는데, 자기가 맡게 되었으니까 내일은 배달복을 입고 방울을 막 떨렁거리면서 올 테니 보라고 한다. 그리고 '사람이란 게 그렇게 무어든지 끝을 바라고 붙들어야 한다.'고 나에게 일러주면서 신이 나서 돌아갔다. 우리도 그가 원 배달이 된 것이 좋은 친구가 큰 출세나 하는 것처럼 마음속으로 진실로 즐거웠다. 어서 내일 저녁에 그가 배달복을 입고 방울을 차고 와서 쭐럭거리는 것을 보리라 하였다.

그러나 이틀날 그는 오지 않았다. 밤이 늦도록 신문도 그도 오지 않았다. 그다음 날도 신문도 그도 오지 않다가 사흘째 되는 날에야, 이날은 해도 지기 전인데 방울 소리가 요란스럽게 우리 집으로 뛰어들었다.

'어디 보자!'

하고 나는 방에서 뛰어나갔다.

그러나 웬일일까, 정말 배달복에 방울을 차고 신문을 들고 들어서는 사람은 황수건이가 아니라 처음 보는 사람이다.

"왜 전 사람은 어디 가고 당신이오?"

라고 물으니 그는,

"제가 성북동을 맡았습니다."

한다.

"그럼, 전 사람은 어디를 맡았소?"

하니 그는 픽 웃으며,

"그까짓 반편을 어딜 맡깁니까? 배달부로 쓸랴다가 똑똑지가 못하니까 안 쓰고 말었나 봅니다."

한다.

"그럼 보조 배달도 떨어졌소?"

하니,

"그럼요, 여기가 따루 한 구역이 된 걸이오."

하면서 방울을 울리며 나갔다.

이렇게 되었으니 황수건이가 우리 집에 올 길은 없어지고 말왔다. 나도 가끔 문안엔 다니지만 그의 집은 내가 다니는 길 옆은 아닌 듯 길가에서도 잘 보이지 않았다.

나는 가까운 친구를 먼 곳에 보낸 것처럼, 아니 친구가 큰 사업에나 실패하는 것을 보는 것처럼, 못 만나는 섭섭함뿐이 아니라 마음이 아프기도 하였다. 그 당자와 함께 세상의 야박함이 원망스럽기도 하였다.

한데 황수건은 그의 말대로 노랑 수건이라면 온 동네에서 유명은 하였다. 노랑 수건 하면 누구나 성북동에서 오래 산 사람이면 먼저 웃고 대답하는 것을 나는 차츰 알았다.

내가 잠깐씩 며칠 보기에도 그랬거니와 그에겐 우스운 일화도 한두 가지가 아니었다.

삼산 학교에 급사로 있을 시대에 삼산 학교에다 남겨 놓고 나온 일화도 여러 가지라는데, 그중에 두어 가지를 동네 사람들의 말대로 옮겨 보면, 역시 그때부터도 이야기하기를 대단 즐기어 선생들이 교실에 들어간 새 손님이 오면 으레 손님을 앉히고는 자기도 걸상을 갖다 떡 마주 놓고 앉는 것은 물론, 마주 앉아서는 곧 자기류의 만담 삼매로 빠지는 것인데, 한 번은 도 학무국에서 시학관이 나온 것을 이 따위로 대접하였다. 일본말을 하지 못 하니까 만담은 할 수 없고 마주 앉아서 자꾸 일본말을 연습하였다.

"센세이 히, 오하요 고자이마스카(선생님, 안녕하세요)?……
히히 아메가 후리마스(비가 옵니다). 유키가 후리마스카(눈이 옵
니까)? 히히……."

시학관도 인정이라 처음엔 웃었다. 그러나 열 번 스무 번을
되풀이하는 데는 성이 나고 말았다. 선생들은 아무리 기다려도
종소리가 나지 않으니까, 한 선생이 나와 보니 종 칠 것도 잊어
버리고 손님과 마주 앉아서 '오하요 유키가 후리마스카…….'
하는 판이다.

그날 수건이는 선생들에게 단단히 몰리고 다시는 안 그러겠
노라고 했으나, 그 버릇을 고치지 못해서 그예 쫓겨 나오고 만
것이다.

그는,

"너의 색시 달아난다."

하는 말을 제일 무서워했다 한다. 한 번은 어느 선생이 장난으
로,

"요즘 같은 따뜻한 봄날엔 옛날부터 색시들이 달아나기를 좋
아하는데 어제도 저 아랫마을에서 둘이나 달아났다니까 오늘
은 이 동리에서 꼭 달아나는 색시가 있을걸……."

했더니 수건이는 점심을 먹다 말고 눈이 휘둥그레졌다 한다. 그
리고 그날 오후에는 어서 바삐 하학을 시키고 집으로 갈 양으로

오십 분 만에 치는 종을 이십 분 만에, 삼십 분 만에 함부로 쳤다는 이야기도 있다.

하루는 나는 거의 그를 잊어버리고 있을 때,

"이 선생님 곕쇼?"

하고 수건이가 찾아왔다. 반가웠다.

"선생님, 요즘 신문이 걸르지 않고 잘 옵쇼?"

하고 그는 배달 감독이나 되어 온 듯이 묻는다.

"잘 오, 왜 그류?"

라고 한즉, 또

"늦지도 않굽쇼, 일찍이 제때마다 꼭꼭 옵쇼?"

한다.

"당신이 돌 때보다 세 시간은 일찍이 오고 날마다 꼭꼭 잘 오오."

하니 그는 머리를 벅적벅적 긁으면서,

"하루라도 걸르기만 해라. 신문사에 가서 대뜸 일러바치지……."

하고 그 빈약한 주먹을 부르댄다.

"그런뎁쇼, 선생님?"

"왜 그류?"

"삼산 학교에 말씀예요, 그 제 대신 들어온 급사가 저보다 근력이 세게 생겼습죠?"

"나는 그 사람을 보지 못해서 모르겠소."

하니 그는 은근한 말소리로 히죽거리며,

"제가 거길 또 들어가 볼랴굽쇼, 운동을 합죠."

한다.

"어떻게 운동을 하오?"

"그까짓 거 날마당 사무실로 갑죠. 다시 써 달라고 졸라 댑죠.
아, 그랬더니 새 급사란 녀석이 저보다 크기도 무척 큰뎁쇼, 이
녀석이 막 불근댑니다그려. 그래 한 번 쌈을 해야 할 턴뎁쇼, 그
녀석이 근력이 얼마나 센지 알아야 댐벼들 턴뎁쇼……. 허."

"그렇지, 멋모르고 대들었다 매만 맞지."

하니 그는 한 걸음 다가서며 또 은근한 말을 한다.

"그래서입죠, 엊저녁엔 큰 돌멩이 하나를 굴려다 삼산 학교
대문에다 놨습죠. 그리구 오늘 아침에 가 보니깐 없어졌는뎁쇼.
이 녀석이 나처럼 억지루 굴려다 버렸는지, 뻔쩍 들어다 버렸는
지 그만 못 봤거든입쇼, 제길……."

하고 머리를 긁는다. 그러더니 갑자기 무얼 생각한 듯 손뼉을
탁 치더니,

"그런뎁쇼, 제가 온 건입쇼, 댁에선 우두를 넣지 마시라구 왔
습죠."

한다.

"우두를 왜 넣지 말란 말이오?"

라고 한즉,

"요즘 마마가 다닌다구 모두 우두들을 넣는뎁쇼, 우두를 넣으면 사람이 근력이 없어지는 법인뎁쇼."

하고 자기 팔을 걷어 올려 우두 자리를 보이면서,

"이걸 봅쇼. 저두 우두를 이렇게 넣기 때문에 근력이 꽤 줄었습죠."

한다.

"우두를 넣으면 근력이 준다고 누가 그럽디까?"

하고 물으니 그는 싱글거리며,

"아, 제가 생각해 냈습죠."

한다.

"왜 그렇소?"

하고 캐니,

"뭘……. 저 아래 윤금보라고 있는데 기운이 장산뎁쇼. 아 삼산 학교 그 녀석두 우두만 넣었다면 그까짓 것 무서울 것 없는뎁쇼, 그걸 모르겠거든입쇼……."

한다. 나는,

"그렇게 용한 생각을 하고 일러 주러 왔으니 아주 고맙소."

하였다. 그는 좋아서 벙긋거리며 머리를 긁었다.

"그래 삼산 학교에 다시 들기만 기다리고 있소?"

라고 물으니 그는,

"돈만 있으면 그까짓 거 누가 고스카이(용인) 노릇을 합쇼. 밑천만 있으면 삼산 학교 앞에 가서 뻐젓이 장사를 할 턴뎁쇼."

한다.

"무슨 장사?"

"아, 방학될 때까지 차미 장사도 하굽쇼, 가을부턴 군밤 장사, 왜떡 장사, 습자지, 도화지 장사 막 합죠. 삼산 학교 학생들이 저를 어떻게 좋아하겜쇼. 저를 선생들보다 낫게 치는뎁쇼."

한다.

나는 그날 그에게 돈 삼 원을 주었다. 그의 말대로 삼산 학교 앞에 가서 뻐젓이 참외 장사라도 해 보라고. 그리고 돈은 남지 못하면 돌려 오지 않아도 좋다 하였다.

그는 삼 원 돈에 덩실덩실 춤을 추다시피 뛰어나갔다. 그리고 그 이튿날,

"선생님 잡수시라굽쇼."

하고 나 없는 때 참외 세 개를 갖다 두고 갔다.

그리고는 온 여름 동안 그는 우리 집에 얼른하지 않았다. 들으니 참외 장사를 해 보긴 했는데 이내 장마가 들어 밑천만 까

먹었고, 또 그까짓 것보다 한 가지 놀라운 소식은 그의 아내가 달아났단 것이다. 저희끼리 금실은 괜찮았건만 동서가 못 견디게 굴어 달아난 것이라 한다. 남편만 남 같으면 따로 살림나는 날이나 기다리고 살 것이나 평생 동서 밑에 살아야 할 신세를 생각하고 달아난 것이라 한다.

그런데 요 며칠 전이었다. 밤인데 달포 만에 수건이가 우리 집을 찾아왔다. 웬 포도를 큰 것으로 대여섯 송이를 종이에 싸지도 않고 맨손에 들고 들어왔다. 그는 벙긋거리며,

"선생님 잡수라고 사 왔습죠."

하는 때였다.

웬 사람 하나가 날쌔게 그의 뒤를 따라 들어오더니 다짜고짜 수건이의 멱살을 움켜쥐고 끌고 나갔다. 수건이는 그 우둔한 얼굴이 새하얗게 질리며 꼼짝 못하고 끌려 나갔다.

나는 수건이가 포도원에서 포도를 훔쳐 온 것을 직각하였다. 쫓아 나가 매를 말리고 포도 값을 물어 주었다. 포도 값을 물어 주고 보니 수건이는 어느 틈에 사라지고 보이지 않았다.

나는 그 다섯 송이의 포도를 탁자 위에 얹어 놓고 오래 바라보며 아껴 먹었다. 그의 은근한 순정의 열매를 먹듯 한 알을 가지고도 오래 입안에 굴려 보며 먹었다.

어제다. 문안에 들어갔다 늦어서 나오는데 불빛 없는 성북동

길 위에는 밝은 달빛이 깁을 깐 듯하였다. 그런데 포도원께를 올라오노라니까 누가 맑지도 못한 목청으로,

"사······ 케······ 와 나······ 미다카 다메이······ 키······ 카······ (술은 눈물인가, 한숨인가)."

를 부르며 큰길이 좁다는 듯이 휘적거리며 내려왔다. 보니까 수건이 같았다. 나는,

"수건인가?"

하고 아는 체하려다 그가 나를 보면 무안해할 일이 있는 것을 생각하고 휙 길 아래로 내려서 나무 그늘에 몸을 감추었다.

그는 길은 보지도 않고 달만 쳐다보며, 노래는 그 이상은 외우지도 못하는 듯 첫 줄 한 줄만 되풀이하면서 전에는 본 적이 없었는데 담배를 다 픽픽 빨면서 지나갔다.

달밤은 그에게도 유감한 듯하였다.

까마귀

"호."

새로 사 온 것이라 등피에서는 아직 석유내도 나지 않는다. 닦을 것도 별로 없지만 전에 하던 버릇으로 그렇게 입김부터 불어 가지고 어스레해진 하늘에 비춰 보았다. 등피는 과민하게도 대뜸 뽀얗게 흐려지고 만다.

"날이 꽤 차졌군……."

그는 등피를 닦으면서 아직 눈에 익지 않은 정원을 둘러보았다. 이끼 앉은 돌층계 밑에는 발이 묻히게 낙엽이 쌓여 있고 상나무, 전나무 같은 상록수를 빼어놓고는 단풍나무까지 이미 반나마 이울어 어떤 나무는 잎이라고 하나도 없이 설명하게 서 있다. '무장 해제를 당한 포로들처럼' 하는 생각을 하면서 그런 쓸쓸한 나무들이 이 구석 저 구석에 묵묵히 섰는 것을 그는 등피를 다 닦고도 다시 한참이나 바라보다가야 자기 방으로 정한 바깥채 작은 사랑으로 올라갔다.

여기는 그의 어느 친구네 별장이다. 늘 괴벽한 문체(文體)를 고집하여 독자를 널리 갖지 못하는 그는 한 달에 이십 원 남짓하면 독방을 차지할 수 있는 학생층의 하숙 생활조차 뜻대로 되지 않았다. 궁여의 일책으로 이렇게 임시로나마 겨우내 그냥 비워 두는 친구네 별장 방 하나를 빌린 것이다. 내년 칠월까지는 어느 방이든지 마음대로 쓰라고 해서 정자지기가 방마다 문을 열어 보이는 대로 구경하였으나 모두 여름에나 좋은 북향들이라 너무 음습하고 너무 넓고 문들이 많아서 결국은 바깥채로 나와, 상노들이나 자는 방이라는 작은 사랑을 치우게 한 것이다.

상노들이나 자는 방이라 하나 별장 전체를 그리 손색 있게 하는 방은 아니었다. 동향이어서 여름에는 늦잠을 자지 못할 것이 흠일까, 겨울에는 어느 방보다 밝고 따뜻할 수 있고 미닫이와 들창도 다갑창까지 들인 데다 벽장문과 두껍닫이에는 유명한 화가인지 아닌지는 몰라도 낙관(落款)이 있는 사군자(四君子)며 기명절지(器皿折枝)가 붙어 있다. 밖으로도 문 위에는 추성각(秋聲閣)이라 추사체의 현판이 걸려 있고 양쪽 처마 끝에는 파

아랗게 녹슨 풍경이 창연히 달려 있다. 또 미닫이를 열면 눈 아래 깔리는 경치도 큰사랑만 못한 것 같지 않으니, 산기슭에 나붓이 섰는 수각(水閣)과 그 밑으로 마른 연잎과 단풍이 잠긴 연당이며 그리고 그 연당 언덕으로 올라오면서 무룽석으로 석가산을 모으고 잔디밭 새에 길을 돌린 것은 이 방에서 내려다보기가 기중일 듯싶었다. 그런 데다 눈을 번뜻 들면 동편 하늘이 바다처럼 트이고 그 한편으로 훤칠한 늙은 전나무 한 채가 절벽같이 가려 섰는 것이다. 사슴의 뿔처럼 삭정이가 된 상가지에는 희끗희끗 새똥까지 묻어서 고요히 바라보면 한눈에 태고(太古)가 깃들이는 듯한 그윽한 경치이다.

오래간만에 켜보는 남폿불이다. 펄럭하고 성냥불이 심지에 옮기더니 좁은 등피 속은 자옥하게 연기와 김이 서리었다가 차츰차츰 밝아지는 것이었다. 그렇게 차츰차츰 밝아지는 남폿불에 삥 둘러앉았던 옛날 집안사람들의 얼굴이 생각나게, 그렇게 남폿불은 추억 많은 불이다.

그는 누워 너무나 고요함에 귀를 빼앗기면서 옛사람들의 얼굴을 그려 보다가 너무나 가까운 데서 까악까악하는 까마귀 소리에 얼른 일어나 문을 열었다. 바깥은 아직 아주 어둡지 않았다. 또 까악까악하는 소리에 쳐다보니 지나가면서 우는 소리가 아니라 바로 그 전나무 삭정 가지에 시커먼 세 마리가 웅크리고 앉아 그러는 것이었다.

"까마귀!"

까치나 비둘기를 본 것만은 못하였다. 그러나 자연이 준 그의 검음과 그의 탁한 음성을 까닭 없이 저주할 필요는 느끼지 않았다. 마침 정자지기가 올라와서,

"아, 진지는 어떡하십니까?"

하는 말에, 우유하고 빵이나 먹고 밥 생각이 나면 문안 들어가사 먹는다고, 자기는 괜찮다고 어름어름하고 말막음으로,

"웬 까마귀들이……?"

하고 물었다.

"네, 이 동네 많습니다. 저 나무엔 늘 와 사는 걸입쇼."

"그래요? 그럼 내 친구가 되겠군……."

하고 그는 웃었다.

"요 아래 돼지 기르는 데가 있습죠니까. 거기 밥 찌게 같은 게 흔하니까 그래 까마귀가 떠나질 않습니다."

하면서 정자지기는 한걸음 나서 팔매 치는 형용을 하니 까마귀들은 주춤하고 날 듯한 자세를 가지다가 아래를 보더니 도로 앉아서 이번에는 '까르르……' 하고 'GA' 아래 'R'이 한없이 붙은 발음을 하는 것이다.

정자지기가 내려간 후, 그는 다시 호젓하니 문을 닫고 아까와

같이 아무렇게나 다리를 뻗고 누워 버렸다.

배가 고팠다. 그는 또 그 어느 학자의 수면 습관설(睡眠習慣 設)이 생각났다. 사람이 밤새도록 그 여러 시간을 자는 것은 불을 발명하기 전에 할 일이 없어 자기만 한 것이 습관으로 전해진 것뿐이요, 꼭 그렇게 여러 시간을 자야만 될 리는 없다는 것이다. 그는 이 수면 습관설에 관련하여 식욕이란 것도 그런 것으로 믿어 보고 싶었다. 사람은 하루 꼭꼭 세 번씩 으레 먹어야 될 것처럼 충실히 먹는 것이나 이것도 그렇게 많이 먹어야만 되게 되어서가 아니라, 애초에는 수효 적은 사람들이 넓은 자연 속에서 먹을 것이 쉽사리 손에 들어오니까 먹기만 하던 것이 습관으로 전해진 것뿐이요, 꼭 그렇게 세 끼씩이나 계획적으로 먹어야만 될 리는 없을 것 같았다. 그런데 사람이 잠을 자기 위해서는 그처럼 큰 부담이 있는 것은 아니나 먹기 위해서는, 하루세 번씩 먹는 그 습관을 지키기 위해서는 얼마나 큰, 얼마나 무거운 부담이 있는 것인가. 그러기에 살려고 먹는 것이 아니라 먹으려고 산다는 말까지 생긴 것이 아닌가 생각되었다.

'먹으려구 산다! 평생을 먹으려구만 눈이 뻘개 허둥거리다 죽어? 그건 실로 인간의 모욕이다.'

그는 쓴웃음을 지으며 지금 자기의 속이 쓰려 올라오는 것과 입 속이 빡빡해지며 눈에는 자꾸 기름진 식탁이 나타나는 것을 한낱 무가치한 습관의 발작으로만 돌리려 노력해 보는 것이다.

'어디선가 루날은 예술가는 빵 한 근보다 꽃 한 송이를 꺾는다고, 그러나 배가 고프면? 하고 제가 묻고는 그러면 그는 괴로워하고 훔치고 혹은 사람을 죽일지도 모른다. 그렇더라도 글쓰기를 버리지는 않을 게라고 했다. 난 배가 고파할 줄 아는 얄미운 습관부터 아예 망각시켜 보리라. 잉크는 새것이 한 병 새벽우물처럼 충충히 담겨 있것다, 원고지도 두툼한 게 여남은 축 쌓여 있것다!'

그는 우선 그 문 앞으로 살랑살랑 지나다니면서 '쌀값은 오르기만 허구……, 석탄두 들여야겠는데…….'를 입버릇처럼 하던 주인 마누라의 목소리를 십 리나 떨어져서 은은한 풍경 소리와 짙은 어둠에 싸인, 이 산장 호젓한 방에서 옛 애인을 만난 듯한 다정스러운 남폿불을 돋우고 글만을 생각하는 데 취할 수 있는 것이 갑자기 몸이 비단에 싸이는 듯, 살이 찔 듯한 행복이었다.

저녁마다 그는 남포에 새 석유를 붓고 등피를 닦고 그리고 까마귀 소리를 들으면서 어둠을 기다리었다. 방 구석구석에서 밤의 신비가 소곤거려 나올 때 살며시 무릎을 꿇고 귀한 손님의 의관처럼 공손히 남포 갓을 들어올리고 불을 켜는 것이며 펄럭거리던 불방울이 가만히 자리 잡는 것을 보고야 아랫목으로 물러나 그제는 눕든지 앉든지 마음대로 하며 혼자 밤이 깊도록 무얼 읽고 무얼 생각하고 무얼 쓰고 하는 것이다. 그래서 아침이면 늘 늦도록 자곤 하였다. 어떤 날은 큰사랑 뒤에 있는 우물에 올라가 세수를 하고 나면 산 너머로 오정 소리가 울려 오기도 했다. 그러다가 이날은 무슨 무서운 꿈을 꾸고 그 서슬에 소스라쳐 깨어 보니 밤은 벌써 아니었다. 미닫이에는 전나무 가지가 꿩의 장북처럼 비끼었고 쨍쨍한 햇볕은 쏴아 소리가 날 듯 쪼여 있었다. 어수선한 꿈자리를 떨쳐 버리는 홀가분한 기분과 여기 나와서는 처음 일찍 깨어 보는 호기심에서 그는 머리를 흔들고 미닫이부터 쫙 밀어 놓았다. 문턱을 넘어 드는 바깥 공기는 체온에 부딪히는 것이 찬물 같았다. 여윈 손으로 눈을 비비며 얼마나 아름다운 아침일까를 내다보았다. 해는 역광선이어서 부신 눈으로 수각을 더듬고 연당을 더듬고 잔디밭길을 더듬다가 그 실뱀 같은 잔디밭길에서다. 그는 문득 어떤 여자의 그림자 하나를 발견한 것이다.

여태 꿈인가 해서 다시금 눈부터 비비었다. 확실히 여자요, 또 확실히 고요히 섰으되 산 사람이었다. 그는 너무 넓게 열렸던 문을 당황히 닫아 버리고 다시 조그만 틈으로 내다보았다.

여자는 잊어버린 듯 오래도록 햇볕만 쏘이고 서 있다가 어디선지 산새 한 마리가 날아와 가까운 나뭇가지에 앉는 것을 보더니 그제야 사뿐 발을 떼어 놓았다. 머리는 틀어 올리었고 저고리는 노르스름한 명줏빛인데 고동색 스웨터를, 아이 업듯, 두 소매는 앞으로 늘어뜨리고 등에만 걸치었을 뿐, 꽤 날씬한 허리 아래엔 옥색 치맛자락이 부드러운 물결처럼 가벼운 주름살을 일으켰다. 빨간 단풍잎 하나를 들었을 뿐, 고요한 아침 산보인 듯하다.

'누굴까?'

그는 장정(裝幀) 고운 신간서(新刊書)에처럼 호기심이 일어났다. 가까이 축대 아래로 지나가는 것을 보니 새 양봉투 같은 깨끗한 이마에 눈결은 뉘어 쓴 영어 글씨같이 차근하다. 꼭 다문 입술, 그리고 뾰로통한 콧봉우리에는 여간치 않은 프라이드가 느껴지는 얼굴이었다.

'웬 여잔데?'

이튿날 아침에도 비교적 이르게 잠이 깨었다. 살며시 연당 쪽을 내다보니 연당 앞에도 잔디밭길에도 아무도 사람이라고는 보이지 않았다. 왜 그런지 붙들었던 새를 날려 보낸 듯 그는 서운하였다.

이날 오후이다. 그는 낙엽을 긁어다가 불을 때고 있었다. 누군지 축대 아래에서 인기척이 났다. 머리를 쓸어 넘기며 내려다보니 어제 아침의 그 여자다. 어제 그 옷, 그 모양, 그 고요함으로 약간 발그레해진 얼굴을 쳐들고 사뭇 아는 사람을 보듯 얼굴

을 돌리려 하지 않고 걸음을 멈추고 섰는 것이다. 이쪽은 당황하여 다시 머리를 쓸어 넘기며 일어섰다.

"○ 선생님 아니세요?"

여자가 거의 자신을 가지고 먼저 묻는다.

"네, ○○○입니다."

"……."

여자는 먼저 물어 놓고 더 말이 없이 귀밑까지 발그레해지는 얼굴을 수그렸다. 한참이나 아궁에서 낙엽 타는 소리뿐이었다.

"절 아십니까?"

"……."

여자는 다시 얼굴을 들 뿐 말은 없다가 수줍은 웃음을 머금고 옆에 있는 돌층계를 히뜩히뜩 올라왔다. 이쪽에서는 낙엽 한 무더기를 또 아궁에 쓸어 넣고 손을 털었다.

"문간에 명함 붙이신 걸루 알았에요."

"네……."

"저두 선생님 독자예요. 꽤 충실한……."

"그러십니까? 부끄럽습니다."

그는 손을 비비며 여자의 눈을 보았다. 잦아든 가을 호수와 같이 약간 꺼진 듯한 피곤한 눈이면서도 겨울 별 같은 찬 광채가 일어났다.

"손수 불을 때시나요?"

"네."

"전 이 집 정원을 저희 집처럼 산보 와요, 아침이문⋯⋯."

"네! 퍽 넓구 좋은 정원입니다."

"참 좋아요⋯⋯. 어서 때세요."

"네, 이 동네 계십니까?"

"요 개울 건너예요."

이날은 더 이야기가 나올 새 없이 부끄러움도 미처 걷지 못하고 여자는 돌아가고 말았다.

그는 한참 뒤에 바깥 한길로 나와 개울 건너를 살펴보았다. 거기는 기와집, 초가집 여러 집이 언덕에 층층으로 놓여 있었다. 어느 것이 그 여자가 들어간 집인지 짐작조차 할 수 없었다.

이날 저녁에 정자지기를 만나 물었더니,

"그 여자 병인이올시다."

하였다. 보기에 그리 병색은 아니더라 하니,

"뭐 폐병이라나요. 약 먹느라구 여기 나왔는데 숨이 차 산엔 못 댕기구 우리 정자루만 밤낮 오죠."

하였다.

폐병! 그는 남의 일 같지 않게 마음이 쓰였다. 그렇게 예모 있고 상냥스러운 대화를 지껄일 수 있는 아름다운 입술이 악마 같은 병균을 발산하리라는 사실은 상상만 하기에도 우울하였다.

그러나 그다음 날부터는 정원에서 그 여자를 만나 인사할 수 있는 것이 즐거웠고, 될 수만 있으면 그를 위로해 주고 그와 더불어 자기의 빈한한 예술을 이야기하고 싶었다. 그래서 그 여자가 자기의 방문 앞으로 왔을 때는 몇 번이나,

"바람이 찹니다."

하여 보았다. 그러나 번번이,

"여기가 좋아요."

하고 여자는 툇마루에 걸터앉았고 손수건으로 자주 입과 코를 막기를 잊지 않았다. 하루는,

"글쎄 괜찮으니 좀 들어오십시오."

하고 괜찮다는 말에 힘을 주었더니 여자는 약간 상기가 되면서 그래도 이쪽에 밝히 따지려는 듯이,

"전 전염병 환자예요."

하고 쓸쓸한 웃음을 지었다.

"글쎄 그런 줄 압니다. 괜찮으니 들어오십시오."

하니 그제야 가벼운 감격이 마음속에 파동 치는 듯, 잠깐 멀리 하늘가에 눈을 던지었다가 살며시 들어왔다. 황혼이었다. 동향 방의 황혼이라 말할 때의 그 여자의 맑은 눈 속과 흰 잇속만이 별로 또렷또렷 빛이 났다.

"저처럼 죽음에 대면해 있는 처녀를 작품 속에서 생각해 보신 적 계세요, 선생님?"

"없습니다! 그리구 그만 정도에 왜 죽음을 생각허십니까?"

"그래두 자꾸 생각하게 되어요."

하고 여자는 보일 듯 말 듯한 웃음으로 천장을 쳐다보았다. 한참 침묵 뒤에,

"전 병을 퍽 행복스럽다 했어요. 처음엔……."

하고 또 가벼이 웃었다.

"……."

"모두 날 위해 주구 친구들이 꽃을 가지구 찾어와 주구, 그리구 건강했을 때보다 여간 희망이 많지 않어요. 인제 병이 나으면 누구헌테 제일 먼저 편지를 쓰겠다, 누구헌테 전에 잘못한 걸 사과하리라, 참 벨벨 희망이 다 끓어올랐어요……. 병든 걸 참 감사했어요. 그땐……."

"지금은요?"

"무서워졌어요. 죽음두 첨에는 퍽 아름다운 걸루 알었드랬에요. 언제든지 살다 귀찮으면 꽃밭에 뛰어들듯 언제나 아름다운 죽음에 뛰어들 수 있는 걸 기뻐했어요. 그런데 이렇게 닥뜨리고 보니 겁이 자꾸 나요. 꿈을 꿔두……."

하는데 까악까악하는 소리가 바로 그 전나무 삭정 가지에서인

듯, 언제나 똑같은 거리에서 울려왔다.

"여기 나와선 까마귀가 내 친굽니다."

하고 그는 억지로 그 불길스러운 소리를 웃음으로 덮어 버리려 하였다.

"선생님은 친구라구꺼정! 전 이 동네가 모두 좋은데 저게 싫어요. 죽음을 잊어버리면 안 된다구 자꾸 깨쳐 주는 것 같아요."

"건 괜한 관념인 줄 압니다. 흰 새가 있듯 검은 새도 있는 거요. 소리 맑은 새가 있듯 소리 탁한 새도 있는 거죠. 취미에 따라 까마귀도 사랑할 수 있는 샌 줄 압니다."

"건 죽음을 아직 남의 걸로만 아는 건강한 사람들의 두개골을 사랑하는 것 같은 악취미겠지요. 지금 저헌텐 무서운 짐승이에요. 무슨 음모를 가지구 복면허구 내 뒤를 쫓아다니는 무슨 음흉한 사내같이 소름이 끼쳐요. 아마 내가 죽으면 저 새가 덥석 날러와 앞을 설 것만 같이……."

"……."

"죽음이 아름답게 생각될 때 죽는 것처럼 행복은 없을 것 같아요."

하고 여자는 너무 길게 지껄였다는 듯이 수건으로 입을 코까지 싸서 막고 멀거니 어두워 들어오는 미닫이를 바라보았다.

이 병든 처녀가 처음으로 방에 들어와 얼마 안 되는 이야기를 그의 체온과 그의 병균과 함께 남기고 간 날 밤, 그는 몹시 우울하였다.

'무슨 말을 하여야 그 여자를 위로할 수 있을까?'

'과연 그 여자의 병은 구할 수 없는 것일까?'

'어떻게 하면 그 여자에게 죽음이 다시 한 번 꽃밭으로 보일 수 있을까?'

그는 비스듬히 벽에 기대어 이것을 생각하다가 머릿속에서 무엇이 버스럭거리는 소리를 들었다. 가만히 이마에 손을 대니 그것은 벽장 속에서 나는 소리였다. 그는 벽장을 열고 두어 마리의 쥐를 쫓고 나무때기처럼 굳은 빵 한쪽을 꺼내었다. 그리고 한 손으로는 뒷산에서 주워 온 그 환약과 같이 동그라면서도 가랑잎처럼 무게가 없는 토끼의 배설물을 집어 보면서 요즘은 자기의 것도 그렇게 담박한 것이 틀리지 않을 것을 미소하였다. '사람에게서도 풀내가 나야 한다.' 한 철인 소로의 말이 생각났으며, 사람도 사는 날까지 극히 겸손한 곤충처럼 맑은 이슬과 향기로운 풀잎으로만 만족하지 못하는 것을, 그 운명이 슬픈 생각도 났다.

'무슨 말을 하여 주면 그 여자에게 새 희망이 생길까?'

그는 다시 이런 궁리에 잠기었고 그랬다가 문득,

'내가 사랑하리라!'

하는 정열에 부딪히었다.

'확실히 그 여자는 애인을 갖지 못했을 거다. 누가 그 벌레 먹는 가슴에 사랑을 묻었을 거냐.'

그는 그 여자의 앉았던 자리에 두 손길을 깔아 보았다. 싸늘한 장판의 감촉일 뿐 체온은 날아간 지 오래였다.

'슬픈 아가씨여, 죽더라도 나를 사랑하면서 죽어 다오! 애인이 없이 죽는 것은 애인을 남기고 죽기보다 더욱 슬플 것이다……. 오래전부터 병균과 싸워 온 그대에겐 확실히 애인이 있을 수 없을 게다.'

그는 문풍지 떠는 소리에 덧문을 닫고 남포의 불을 낮추고 포의 슬픈 시 '레이번'을 생각하면서,

"레노어? 레노어?"

하고, 포가 그의 애인의 망령을 불렀듯이 슬픈 음성을 소리쳐 보기도 하였다. 그 덮을 것도 없이 애인의 헌 외투자락에 싸여서, 그러나 행복스럽게 임종하였을 레노어의 가엾고 또 아름다운 시체는, 생각하여 보면 포의 정열 이상으로 포근히 끌어안아 보고 싶은 충동도 일어났다. 포가 외로운 서재에 앉아 밤 깊도록 옛 책을 상고할 때 폭풍은 와 문을 열어 젖뜨렸고 검은 숲 속에서는 보이지도 않는 까마귀가 울면서 머리 풀어헤친 아름다운 레노어의 망령이 스르르 방 안 한구석에 들어서곤 하였다.

'오오! 나의 레노어! 너는 아직 확실히 애인을 갖지 못했을 거다. 내가 너를 사랑해 주며 내가 너의 주검을 지키는 슬픈 애인이 되어 주마.'

그는 밤이 너무나 긴 것을 탄식하며 어서 날이 밝기를 기다리었다.

그러나 밝는 날 아침의 하늘은 너무나 두껍게 흐려 있었고 거친 바람은 구석구석에서 몰려나오며 눈발조차 희끗희끗 날리었다. 온실 속에서나 갸웃이 내다보는 한 송이 온대 지방 꽃처럼, 그렇게 가냘픈 그 처녀의 얼굴이 도저히 나타나기를 바랄 수 없는 날씨였다.

'오, 가엾은 아가씨! 너는 이렇게 흐린 날, 어두운 방 속에 누워 애인이 없이 죽을 것을 슬퍼하리라! 나의 가엾은 레노어!'

사흘이나 눈이 오고 또 사흘이나 눈보라가 치고 다시 며칠 흐리었다가 눈이 오고 그리고 날이 들고 따뜻해졌다. 처마 끝에서 눈 녹은 물이 비 오듯 하는 날 오후, 가엾은 아가씨가 나타났다. 더 창백해진 얼굴에는 상장(喪章) 같은 마스크를 입에 대었고 방에 들어와서는 눈꺼풀이 무거운 듯 자주 눈을 감았다 뜨면서,

"그간 두어 번이나 몹시 각혈을 했어요."

하였다.

"그러나……."

"의사는 기관에서 터진 피래지만, 전 가슴에서 나온 줄 모르지 않어요."

"그래두 의사가 더 잘 알지 않겠어요?"

"의사가 절 속여요. 의사만 아니라 사람들이 다 날 속이려구만 들어요. 돌아서선 뻔히 내가 죽을 걸 이야기허다가두 나보군 아닌 체들 해요. 그래서 벌써부터 난 딴 세상 사람처럼 따돌리는 게 저는 슬퍼요. 죽음이 그렇게 외로운 거란 걸 날 죽기 전부터 맛보게들 해요."

아가씨의 말소리는 떨리었다.

"그래두…… 만일 지금이라두, 만일…… 진정으루 사랑하는 사람이 있다면 그 사람의 말만은 곧이들으시겠습니까?"

"……."

눈을 고요히 감고 뜨지 않았다.

"앓으시는 병을 조곰도 싫어하지 않고 정말 운명을 같이 따라 하려는 사람만 있다면……?"

"그럼 그건 아마 사람이 아니겠지요. 저헌테 사랑하는 사람이 있긴 있어요……. 절 열렬히 사랑해 주어요. 요즘두 자주 저헌테 와요."

"……."

"그는 정말 날 사랑하는 표루 내가 이런, 모두 싫어허는 병이

걸린 걸 자기만은 싫어허지 않는단 표루 하루는 내 가슴에서 나온 피를 반 컵이나 되는 걸 먹기까지 한 사람이야요. 그렇지만 그게 내게 위로가 되는 줄 아세요?"

"……."

그는 우울할 뿐이었다.

"내 피까지 먹구 나허구 그렇게 가깝게 해두 그는 저대로 건강하구 저대루 살아가야 할 준비를 하니까요. 머리가 길면 이발소에 가고, 신이 해지면 새 구둘 맞추구, 날마다 대학 도서관에 다니면서 학위 받을 연구만 하구 있어요. 그러니 얼마나 저허군 길이 달러요? 전 머릿속에 상여, 무덤 그런 생각뿐인데……."

"왜 그런 생각만 자꾸 하십니까?"

"사람끼린 동정하구퍼두 동정이 안 되는 거 같어요."

"왜요?"

"병자에겐 같은 병자가 되는 것 아니곤 동정이 못 될 겁니다. 그런데 어떻게 맘대루 같은 병자가 되며 같은 정도로 앓다, 같은 시각에 죽습니까? 뻔히 죽을 사람을 말로만 괜찮다, 괜찮다 하구 속이는 건 이쪽을 더 빨리 외롭게만 만드는 거예요."

"어떤 상여를 생각하십니까?"

그는 대담하게 이런 것을 물어 주었다. 그렇게 하는 것이 그 아가씨의 세계에 접근하는 것이 될까 하였다.

"조선 상여는 참 타기 싫어요. 요즘 금칠 막 한 자동차두 보기두 싫어요. 하아얀 말 여럿이 끌구 가는 하아얀 마차가 있다면⋯⋯, 하구 공상해 봤어요. 그리구 무덤두 조선 무덤들은 참 암만해두 정이 가질 않어요. 서양엔 묘지가 공원처럼 아름답다는데 조선 산수들이야 어디 누구의 영원한 주택이란 그런 감정이 나요? 곁에 둘 수 없으니 흙으루 덮구 그냥 두면 비에 패니까 잔디를 심는 것뿐이지 꽃 한 송이 심을 데나 꽃을 데가 있어요? 조선 사람처럼 죽은 사람의 감정을 안 생각해 주는 사람들은 없는 것 같아요. 괜히 그 듣기 싫은 목소리루 울기만 허구 까마귀나 모여들게 떡쪼가리나 갖다 어질러 놓구⋯⋯."

"⋯⋯."

"선생님은 왜 이렇게 외롭게 사세요?"

그는 아무 대답도 하지 않았다. 그 여자에게 애인이 없으리라 단정한 자기의 어리석음을 마음 아프게 비웃었고, 저렇게 절망에 극하여 세상 욕심이라고는 털끝만치도 없는 거룩한 여자를 애인으로 가진 그 젊은 학도가 몹시 부러운 생각뿐이었다.

날은 이미 황혼에 가까웠다. 연당 아래 전나무 꼭대기에서는 아직, 그 탁한 소리로 울지는 않으나 그 우악스런 주둥이로 그 검은 새들이 삭정이를 쪼는 소리가 딱딱 울려왔다.

"까마귀가 온 게지요?"

"그렇게 그게 싫으십니까?"

"싫어요. 그것 뱃속엔 아마 별별 귀신 딱지가 다 든 것처럼 무서워요. 한 번은 꿈을 꾸었는데 까마귀 뱃속에 무슨 부적이 들구 칼이 들구 시퍼런 불이 들구 한 걸 봤어요. 웃지 마세요. 상식은 절 떠난 지 벌써 오래요……."

"허허……."

그러나 그는 웃고, 속으로 이제 까마귀를 한 마리 잡으리라 하였다. 그 배를 갈라서 그 속에는 다른 새나 조금도 다를 것이 없는 내장뿐인 것을 보여 주리라. 그래서 그 상식을 잃은 여자의 까마귀에 대한 공포심을 근절시키고, 그래서 죽음에 대한 공포심까지도 좀 덜게 해 주리라 마음먹었다.

그는 이 아가씨가 간 뒤에 그 길로 뒷산에 올라 물푸레나무를 베다가 큰 활을 하나 메었다. 꼿꼿한 싸리로 살을 만들고 끝에다는 큰 못을 갈아 촉을 박고 여러 번 겨냥을 연습하여 보고 까마귀를 창문 가까이 유혹하였다. 눈 위에 여기저기 콩을 뿌리었더니 그들은 마침내 좌우를 의뭉스런 눈으로 두리번거리면서도 내려와 그것을 쪼았다. 먼 데 것이 없어지는 대로 그들은 곧 날듯 날듯이 어깨를 곧추세우면서도 차츰차츰 방문 가까이 놓인 것을 쪼며 들어왔다. 방 안에서는 숨을 죽이고 조그만 문구멍에 살촉을 얹고 가장 가까이 들어온 놈의 옆구리를 겨냥하여

기운껏 활을 당겨 가지고 쏘아 버렸다.

　푸드득 하더니 날기는 다 날았으나 한 놈이 죽지에 살이 박힌 채 이내 그 자리에 떨어졌고 다른 놈들은 까악까악거리면서 전나무 꼭대기로 올라갔다. 그는 황망히 신을 끌며 떨어진 놈을 쫓아 들어가 발로 덮치려 하였다. 그러나 까마귀는 어느 틈에 그의 발밑에 들지 않고 훌쩍 몸을 솟구어 그 찬란한 핏방울을 눈 위에 흩뿌리며 두 다리와 한 날개로 반은 날고 반은 뛰면서 잔디밭 쪽으로 덥풀덥풀 달아났다. 이쪽에서도 숨차게 뛰어 다우쳤다. 보기에 악한과 같은 짐승이었지만 그도 한낱 새였다. 공중을 잃어버린 그에겐 이내 막다른 골목이 나왔다. 화살이 그냥 박힌 채 연당으로 내려가는 도랑창에 거꾸로 박히더니 쌕쌕 하면서 불덩어리인지 핏방울인지 모를 두 눈을 뒤집어쓰고 집게 같은 입을 딱딱 벌리며 대가리를 곤추들었다. 그리고 머리 위에서는 다른 놈들이 전나무에서 내려와 까악거리며 저희 가족을 기어이 구하려는 듯이 낮게 떠돌며 덤비었다.

　그는 슬그머니 겁이 나기도 했으나 뭉어리돌을 집어 공중에 있는 놈들을 위협하며 도랑에서 다시 덥풀 올려 솟는 놈을 쫓아 들어가 곧은 발길로 먹투시를 차 내던지었다. 화살은 빠져 떨어지고 까마귀만 대여섯 칸 밖에 나가떨어지며 킥 하고 뻐르적거렸다. 다시 쫓아가 발길을 들었으나 그때는 벌써 까마귀는 적을 볼 줄도 모르고 덮어 누르는 죽음과 싸울 뿐이었다. 그는 두 근거리는 가슴으로 이 검은 새의 죽음의 고민을 내려다보며 그 병든 처녀의 임종을 상상해 보았다. 슬픈 일이었다. 그는 이내 자기 방으로 돌아왔고 나중에 정자지기를 시켜 그 죽은 까마귀의 목을 매어 어느 나뭇가지에 걸게 하였다. 그리고 어서 그 아가씨가 나타나면 곧 훌륭한 외과의(外科醫)처럼 그 검은 시체를 해부하여 까마귀의 뱃속에도 다른 날짐승과 똑같이 단순한 조류(鳥類)의 내장이 있을 뿐, 결코 그런 무슨 부적이거나 칼이거나 푸른 불이 들어 있지 않다는 것을 증명하리라 하였다.

그러나 날씨는 추워 가기만 하고 열흘에 한 번도 따뜻한 해가 비치지 않았다. 달포가 지나도록 그 아가씨는 나타나지 않았다. 날씨는 다시 풀어져 연당에 눈이 녹고 단풍나무 가지에 걸린 까마귀의 시체도 해부하기 알맞게 녹았지만 그 아가씨는 나타나지 않았다.

하루는 다시 추워져 싸락눈이 사륵사륵 길에 떨어져 구르는 날 오후이다. 그는 어느 잡지사에 들어가 곤작(困作) 한 편을 팔아 가지고 약간의 식료를 사들고 나온 길인데 개울 건너 넓은 마당에는 두어 대의 검은 자동차와 함께 금빛 영구차 한 대가 놓여 있는 것이다.

그는 가슴이 섬뜩하였다. 별장 쪽을 올려다보니 전나무 꼭대

기에서는 진작부터 서너 마리의 까마귀가 이 광경을 내려다보
며 쭈그리고 앉아 있었다.

'그 여자가 죽은 거나 아닌가?'

영구차 안에는 이미 검은 포장에 덮인 관이 실려 있었다. 둘
러섰는 동네 사람 속에서 정자지기가 나타나더니 가까이 와 일
러 주었다.

"우리 정자루 늘 오던 색시가 갔답니다."

"……."

그는 고요히 영구차를 향하여 모자를 벗었다.

"저 뒤에 자동차에 지금 오르는 사람이 그 색시하구 정혼했
던 남자랩니다."

그는 잠자코 그 대학 도서실에 다니며 학위 얻을 연구를 한다
는 청년을 바라보았다. 그 청년은 자동차 안에 들어앉아, 이내
하얀 손수건을 내어 얼굴에 대었다. 그러자 자동차들은 영구차
가 앞을 서며 고요히 굴러 떠나갔다. 눈은 함박눈이 되면서 펑
펑 쏟아지기 시작하였다. 그 자동차들이 굴러간 자리도 얼마 안
있어 덮어 버리고 말았다.

까마귀들은 이날 저녁에도 별다른 소리는 없이 그저 까악까
악거리다가 이따금씩 까르르하고 그 'GA' 아래 'R'이 한없이 붙
은 발음을 내곤 하였다.

밤길

월미도(月尾島) 끝에 물에다 지어 놓은, 용궁각인가 수궁각인가는 오늘도 운무에 잠겨 보이지 않는다. 벌써 열나흘째 줄곧 그치지 않는 비다. 삼십 간이 넘는 큰 집 역사에 암키와만이라도 덮은 것이 다행이나 목수들은 토역이 끝나기를 기다리고, 미장이들은 겨우 초벽만 쳐 놓고 날 들기만 기다린다.

기둥에, 중방, 인방에 시퍼렇게 곰팡이가 돋았다. 기대거나 스치거나 하면 무슨 버러지 터진 것처럼 더럽다. 집주인은 으레 하루 한 번씩 와서 둘러보고, 기둥 하나에 십 원이 더 치었느니, 토역도 끝나기 전에 만여 원이 들었느니 하고, 황 서방과 권 서방더러만 조심성이 없어 곰팡이를 문대기고 다녀 집을 더럽

힌다고, 중얼거리다가는 으레 월미도 쪽을 눈살을 찌푸려 내다 보고는, 이놈의 하늘이 영영 물커져 버리려나, 어쩌려나 하고는 입맛을 다시다 가 버린다. 그러면 황 서방과 권 서방은 입을 삐죽하며 집주인의 뒷모양을 비웃고, 이젠 이 집이 우리 차지라는 듯이, 아직 새벽질도 안 한 안방으로 들어가 파리를 날리고 가마니 쪽 위에 눕는다.

날이 들지 않는 것을 탓할 푼수로는 집주인보다, 목수들보다, 미장이들보다, 모군꾼인 황 서방과 권 서방이 훨씬 윗길이라야 한다.

권 서방은 집도, 권속도 없이 떠돌아다니는 홀아비지만, 황 서방은 서울서 내려왔다. 수표다리께 뉘 집 행랑살이나마 아내도 자식도 있다. 계집애는 큰 게 둘이지만, 아들로는 첫아이를 올해 얻었다. 황 서방은 돈을 모아야겠다는 생각이 딸애들 때와 달리 부쩍 났다. 어떻게 돈 십 원이나 마련되면 가을부터는 군밤 장사라도 해 볼 예산으로, 주인 나리한테 사정사정해서 처자식만 맡겨 놓고 인천으로 내려온 것이다.

와서 이틀 만에 이 역사터를 만났다. 한 보름 동안은 재미나게 벌었다. 처음 사나흘 동안은 품삯을 받는 대로 먹어 없앴다. 처자식 생각이 났으나 눈에 보이지 않으니 우선 내 입부터 널름널름 집어넣을 수가 있다. 서울서는 벼르기만 하던, 얼음 넣은 냉면도 밤참으로 사 먹어 보고, 콩국, 순댓국, 호떡, 아스꾸리까지 사 먹어 봤다. 지카다비를 겨우 한 켤레 샀을 때는 벌써 인천 온 지 열흘이 지났다. 아차, 이렇게 버는 족족 집어 써선 만날 가야 목돈이 잡힐 것 같지 않다.

정신을 바짝 차려 대엿새째 오륙십 전씩이라도 남겨 나가니 장마가 시작이다. 그 대엿새의 오륙십 전은, 낮잠만 자며 다 까먹은 지가 벌써 오래다. 집주인한테 구걸하듯 해서, 그것도, 꾀를 피우지 않고 힘껏 일을 해 왔기 때문에 주인 눈에 들었던 덕으로, 이제 날이 들면 일할 셈치고 선고가로 하루 사십 전씩을 얻어 연명을 하는 판이다.

새벽에 잠만 깨면 귀부터 든다. 부슬부슬, 빗소리는 어제나 다름없다.

"이거 자빠져두 코가 깨진단 말이 날 두구 헌 말이여!"

"거, 황 서방은 그래 화투 하나 칠 줄 모르드람!"

권 서방은 또 일어나 앉더니 오관인가 사관인가를 뗀다.

"우리 에펜네허구 같군."

"누가?"

"권 서방 말유."

"내가 댁 마누라허구 같긴 뭐 같어?"

"우리 에펜네가 저걸 곧잘 해……. 가끔 날 보구 핀잔이지, 헐 줄 모른다구."

"화툴 다 허구 해깔라생인 게로구랴?"

"허긴 남 행랑 구석에나 처너 두긴 아깝대니까."

"삘 빌어먹을 소리 다 듣겠군! 어떤 녀석은 제 에펜네 남 행 랑살이시키기 좋아 시킨답디까?"

"허기야……."

"이눔의 술학 껍질 하내 어디 가 백였나……."

"젠장! 돈두 못 벌구 생홀애비 노릇만 허니 무슨 청승이어!"

"황 서방두 마누라 궁뎅인 꽤 받치는 게로군."

"궁금헌데……. 내가 편질 부친 게 우리 그저께 밤이지?"

"그렇지 아마."

"어젠 그럼 내 편질 봤겠군! 젠장 돈이나 몇 원 부쳐 줬어야 헐 건데……."

"색시가 젊우?"

"지금 한창이지."

"그럼 황 서방보담 아랜 게로구랴?"

"열네 해나."

"저런! 그럼 삼십 안짝이게?"

"안짝이지."

"거, 황 서방 땡이로구려!"

하는데 밖에서 비 맞는 지우산 소리가 난다.

"누구야, 저게?"

황 서방도 일어났다.

지우산이 접히자 파나마에 금테 안경을 쓴, 시뿌옇게 살진 양복쟁이다. 황 서방의 퀭한 눈이 뚱그래서 뛰어나간다. 뭐라는지 허리를 굽신하고 인사를 하는 눈치인데 저쪽에선 인사를 받기는커녕 우산을 놓기가 바쁘게 절컥 황 서방의 뺨을 붙인다. 까닭 모를 뺨을 맞는 황 서방보다 양복쟁이는 더 분한 일이 있는 듯 입을 벌룽거리기만 하면서 이번에는 덥석 황 서방의 멱살을 잡는다.

"아니, 나리님? 무슨 영문인지나……."

"무…… 뭐시이?"

하더니 또 철썩 귀쌈을 올려붙인다. 권 서방이 화닥닥 뛰어 내려왔다. 양복쟁이에게 덤비지는 못하고 황 서방더러 버럭 소리를 지른다.

"이 자식이 손은 뒀다 뭣에 쓰자는 거냐? 죽을 쬘 졌기루서니 말두 듣기 전에 매부터 맞어?"

그제야 양복쟁이는 황 서방의 멱살을 놓고 가래를 돋워 뱉더니 마룻널 포개 놓은 데로 가 앉는다. 담배부터 피워 물더니,

"인두겁을 썼음 너두 사람 녀석이지……. 네 계집두 사람년이

구⋯⋯."

양복쟁이는 황 서방네 주인 나리였다. 다른 게 아니라, 황 서방의 처가 달아난 것이다. 아홉 살짜리, 여섯 살짜리, 두 계집애와 백일 겨우 지난 아들애까지 내버려 두고 주인집 은수저 네 벌과 풀 먹이라고 내어 준 빨래 한 보퉁이까지 가지고 나가선 무소식이란 것이다. 두 큰 계집애가 밤마다 우는 것은 고사하고 질색인 건 젖먹이 때문이었다. 그런데 애비마저 돈 벌러 나간단 녀석이 장마 속에도 돌아오지 않는다.

밥만 주면 처먹는 것만도 아니요, 암죽을 쑤어 먹이든지, 우유를 사다 먹이든지 해야 되고, 똥오줌을 받아내야 하고, 게다가 에미 젖을 못 먹게 되자 설사를 시작한다. 한 열흘 하더니 그 가는 팔다리가 비비 틀린다. 볼 수가 없다. 이게 무슨 팔자에 없는 치다꺼리인가? 아씨는 조석으로 화를 내었고 나리님은 집안에 들어서면 편안할 수가 없다. 잘못하다가는 어린애 송장까지 쳐야 될 모양이다. 경찰서에까지 가서 상의해 보았으나 아이들은 그 애비 되는 자가 돌아올 때까지 주인이 보호해 주는 도리밖에 없다는 퉁명스런 부탁만 받고 돌아왔다.

이런 무도한 연놈이 있나? 개돼지만도 못한 것이지 제 새끼를 셋이나, 것두 겨우 백일 지난 걸 놔 두구 달아나는 년이야 워낙 개만도 못한 년이지만, 애비 되는 녀석까지, 아무리 제 여편

네가 달아난 줄은 모른다 쳐도, 밤낮 아이만 끼구 앉아 이마때기에 분칠만 하는 년이 안일을 뭘 그리 칠칠히 해내며 또 시킬 일은 무에 그리 있다고 염치 좋게 네 식구씩이나 그냥 먹여 줍쇼 하고 나가선 달포가 되도록 소식이 없는 건가? 이놈이 들어서건 다리몽두릴 꺾어 놔 내쫓아야, 이놈이 사람놈일 수가 있나! 욕밖에 나가는 것이 없다가 황 서방의 편지가 온 것이다.

"이놈이 인천 가 자빠졌구나!"

당장에 나리님은 큰 계집애한테 젖먹이를 업히고, 작은 계집애한테는 보퉁이를 들리고, 비 오는 건 아무것도 아니다, 그 길로 인천으로 끌고 내려온 것이다.

"그래 애들은 어딨세유?"

"정거장에들 앉혀 뒀으니 가 인전 맡어. 맨들어만 놈 에미 애빈가! 개 같은 것들……."

나리님은 시계를 꺼내 보더니 일어선다. 일어서더니 엥이! 하고 침을 뱉더니 우산을 펴든다.

황 서방은 무슨 꿈인지 모르겠다. 아무튼 나리님 뒤를 따라 정거장으로 나오는 수밖에 없다. 옷 젖기 좋을 만치 내리는 비를 그냥 맞으며.

정거장에는 두 딸년이 오르르 떨고 바깥을 내다보다가 애비를 보자 으아 소리를 내고 울었다. 젖먹이는 울음소리도 없다.

옆에서 다른 사람들이 무심히 들여다보았다가는 엥이! 하고 안 볼 것을 보았다는 듯이 얼굴을 돌린다.

황 서방은 가슴이 섬뜩하는 것을 참고 받아 안았다. 빈 포대기처럼 무게가 없다. 비린내만 훅 끼친다. 나리님은 어느새 차표를 샀는지, 마지막 선심을 쓴다기보다 들고 가기가 귀찮다는 듯이, 옜다 이년아, 하고 젖은 지우산을 큰계집애한테 던져 주고는 시원스럽게 차 타러 들어가 버리고 만다.

황 서방은 아이들을 끌고, 안고, 저 있던 데로 돌아올 수밖에 없다.

"거, 살긴 틀렸나 부!"

한참이나 앓는 아이를 들여다보던 권 서방의 말이다.

"임자보구 곤쳐 내래게 걱정이여?"

"그렇단 말이지."

"글쎄, 웬 걱정이여?"

황 서방은 참고 참던, 누구한테 대들어야 할지 모르던 분통이 터진 것이다.

"그럼 잘못 됐구려……. 제에길……."

"……."

황 서방은 그만 안았던 아이를 털썩 내려놓고 뿌우연 눈을 슴벅거린다.

"무…… 무돈년……. 제 년이 먼저 급살을 맞지 살 줄 알구……."

"그래두 거 의원을 좀 봬야지 않어?"

"쥐뿔이나 있어?"

권 서방도 침만 찍 뱉고 돌아앉았다.

아이는 입을 딱딱 벌리더니 젖을 찾는 듯 주름 잡힌 턱을 옴직거린다. 아무것도 와 닿는 것이 없어 그러는지, 그 옴직거림조차 힘이 들어 그러는지, 이내 잠잠해진다. 죽었나 해서 코에 손을 대어 본다. 아비 손에서 담뱃내를 느낀 듯 킥, 킥 재채기를 한다. 그러더니 그 서슬에 모기 소리만큼 애앵애앵 보채 본다. 그리고는 다시 까부라진다.

"병원에 가두 틀렸어, 이건."

남의 말에는 성을 내던 아비의 말이다.

"뭐구 집쥔이 옴?"

"……"

월미도 쪽이 더 새까매지더니 바람까지 치며 빗발이 굵어진다. 황 서방은 다리를 치켜 걷었다. 앓는 애를 바짝 품 안에 붙이고 나리님이 주고 간 지우산을 받고 나섰다. 허턱 병원을 찾았다. 의사가 왕진 갔다고 받지 않고, 소아과가 아니라고 받지 않고 하여 네 번째 찾아간 병원에서 겨우 진찰을 받았다. 의사는 애 아비를 보더니 말은 간호부에게만 무어라 지껄이고는 안으로 들어가 버린다.

"안 되겠습죠?"

"아는구려."

하고 간호부는 그냥 안고 나가라고 한다.

"한이나 없게 약을 좀 줍쇼."

"왜 진작 안 데리구 오냐 말요? 이런 애 죽는 건 어미 아비가 생아일 쥑이는 거요. 오늘 밤 못 넘기오."

황 서방은 다시는 울 줄도 모르는 아이를 안고 어청어청 다시 돌아오는 수밖에 없었다.

밤이 되었다. 권 서방에게 있는 돈을 털어다 호떡을 사 왔다. 황 서방은 호떡을 질근질근 씹어 침을 모아 앓는 아이 입에 넣어 본다. 처음엔 몇 입 받아 삼키는 모양이나 이내 꿀깍꿀깍 게워 버린다. 황 서방은 아이 입에는 고만두고 자기가 먹어 버린다. 종일 굶었다가 호떡이라도 좀 입에 들어가니 우선 정신이 난다. 딸년들에게 아내에게 대한 몇 가지를 물어보았으나 달아났다는 사실을 더욱 똑똑하게 알아차릴 것뿐이다.

"병원에서 헌 말이 맞을려는 게로군!"

"뭐랬게?"

"밤을 못 넘기리라더니……."

캄캄해졌다. 초를 사 올 돈도 없다. 아이의 얼굴이 희끄무레할 뿐 눈도 똑똑히 보이지 않는다. 빗소리에 실낱 같은 숨소리는 있는지 없는지 분별할 도리가 없다.

"이 사람?"

모기를 때리느라고 연성 종아리를 철썩거리던 권 서방이 얼리지 않는 점잖은 목소리를 내인다.

"생각허니 말일세…… 집쥔이 여태 알진 못해두……."

"집쥔?"

"그랴……. 아무래두 살릴 순 없잖나?"

"얘 말이지?"

"글쎄."

"어쩌란 말야?"

"남 새집……. 들기두 전에 안됐지 뭐야?"

"홍! 별년의 소리 다 듣겠네! 자넨 오지랖두 정치겐 넓네."

"넓잖음 어쩌나?"

"그럼 죽는 앨 끌구 이 우중에 어디루 나가야 옳아?"

"글쎄 황 서방은 노염부터 날 줄두 알어. 그렇지만 사필귀정으로 남의 일두 생각해 줘야 허느니……."

"자넨 이눔으 집서 뭐 행랑살이나 얻어 헐까구 그리나?"

"예에끼 사람! 자네믄 그래 방두 뀌미기 전에 길 닦아 노니까

뭐부터 지나가더라구 남의 자식부터 죽어 나감 좋겠나? 말은 바른 대루…….”

“자넴 또 자네 자식임 그래 이 우중에 끌구 나가겠나?”

하고 황 서방은 버럭 소리를 질렀다.

“난 나가네.”

“같은 없는 눔끼리 너무허네.”

“없는 눔이라구 이면경계야 몰라?”

“난 이면두 경계두 모르는 눔일세, 웬 걱정이여?”

빗소리뿐, 한참이나 잠잠하다가 황 서방이 코를 훌쩍거리는 것이 우는 꼴이다. 권 서방은 머리만 벅적거리었다. 한참 만에 황 서방은 성냥을 긋는다. 어린애를 들여다보다가는 성냥개비가 다 붙기도 전에 던져 버린다. 권 서방은 그만 누워 버리고 말았다.

어느 때나 되었는지 깜박 잠이 들었는데 황 서방이 깨운다.

“왜 그려?”

권 서방은 벌떡 일어나며 인젠 어린애가 죽었나 보다 하였다.

“자네 말이 옳으이…….”

“뭐?”

“아무래두 죽을 자식인데 남헌테 궂은 짓 할 것 뭐 있나!”

하고 한숨을 쉰다. 아직 죽지는 않은 모양이다. 권 서방은 후닥

닥 일어났다. 비는 한결같이 내렸다. 권 서방은 먼저 다리를 무릎 위까지 올려 걷었다. 그리고 삽을 찾아 든다.

"그럼 안구 나서게."

"어디루?"

"어딘? 아무 데루나 가다가 죽건 묻세그려."

"……."

"아무래두 이 밤 못 넹길 거 날 밝으문 괜히 앙징스런 꼴 자꾸 보게만 되지 무슨 소용 있어? 안게 어서."

황 서방은 또 키룩키룩 느끼면서 나뭇잎처럼 거뿐한 아이를 싸 품에 안고 일어선다.

"이런 땐 맘 모질게 먹는 게 수여. 밤이길 잘했지……."

"……."

황 서방은 딸년들 자는 것을 들여다보고는 성큼 퇴 아래로 내려섰다. 지우산을 펴자 좌르르 소리가 난다. 좌르르 소리에 큰딸년이 깨어 일어난다. 황 서방은 큰딸년을 미리, 꼼짝 말고 있으라고 윽박지른다.

황 서방은 아이를 안고 한 손으로 지우산을 받고 나서고, 그 뒤로 권 서방이 헛간을 가리었던 가마니를 떼어 두르고 삽을 메고 나섰다.

허턱 주안(朱安) 쪽을 향해 걷는다. 얼마 안 걸어 시가지는 끝나고 길은 차츰 어두워진다. 길만 어두워지는 것이 아니라 바람이 세차진다. 홱 비를 몰아붙이며 우산을 떠받는다. 황 서방은 우산을 뒤집히지 않으려 바람을 따라 빙그르 돌아본다. 그러면 비는 아이 얼굴에 흠박 쏟아진다. 그래도 아이는 별로 소리가 없다. 권 서방더러 성냥을 그어 대라고 한다. 그어 대면 얼굴은 죽은 것이나 마찬가지나 빗물 흐르는 비비 틀린 목줄에서는 아직도 발랑거리는 것이 보인다. 바람이 또 친다. 또 빙그르 돌아본다. 바람은 갑자기 반대편에서도 친다. 우산은 그예 뒤집히고 만다. 뒤집힌 지우산은 두 번 세 번 만에는 갈기갈기 찢어지고 말았다. 또 성냥을 켜 보려 한다. 그러나 성냥이 눅어 불이 일지 않는다. 하늘은 그저 먹장이다.

한참 숨을 죽이고 들여다보아야 희끄무레하게 아이 얼굴이 떠오른다.

"이거, 왜 얼른 뒈지지 않어?"

"아마 한 십 리 왔나 보이."

다시 한 오 리 걸었을 때다. 황 서방은 살만 남은 지우산을 집어 내던지며 우뚝 섰다.

"왜?"

인젠 죽었느냐 말은 차마 나오지 않는다.

"인전 묻어 버려두 되나 볼세."

"그래?"

권 서방은 질질 끌던 삽을 들어 쩔겅 소리가 나게 자갈길을 한 번 내려쳐 삽을 짚고 좌우를 둘러본다. 한편에 소 등허리처럼 거무스름한 산이 나타난다. 권 서방은 그리로 향해 큰길을 내려선다. 도랑물이 털버덩한다. 삽도 짚지 못한 황 서방은 겨우 아이만 물에 잠그지 않았다. 오이밭인지 호박밭인지 서슬 센 덩굴이 종아리를 어인다.

"옘병을 헐⋯⋯."

밭은 넓기도 했다. 밭두덩에 올라서자 돌각담이다. 미끄런 고무신 한 짝이 뱀장어처럼 뻐들겅하더니 벗어져 달아난다. 권 서방까지 다시 와 암만 찾아도 보이지 않는다.

"이거디 더 걷겠나?"

"여기 팝시다."

"여기 돌 아니여?"

"파문 흙 나오겠지."

황 서방은 돌각담에 아이 시체를 안고 앉았고, 권 서방은 삽으로 구덩이를 판다. 떡떡 돌이 두드러지고, 돌을 뽑으면 우물처럼 물이 철철 고인다.

"이런 빌어먹을 눔의 비⋯⋯."

"물구뎅이지 별수 있어⋯⋯."

황 서방은 권 서방이 벗어 놓은 가마니 쪽에 아이 시체를 누이고 자기도 구덩이로 왔다. 이내 서너 자 깊이로 들어갔다. 깊어지는 대로 물은 고인다. 다행히 비탈이라 낮은 데로 물꼬를 따놓았다. 물은 철철철 소리를 내며 이내 빠진다. 황 서방은,

"으흐흐……."

하고 한 자리 통곡을 한다. 애비 손으로 제 새끼를 이런 물구덩이에 넣을 것이 측은해, 권 서방이 아이 시체를 안으러 갔다.

"뭐?"

죽은 줄만 알고 안아 올렸던 권 서방은 머리칼이 곤두섰다. 분명히 아이의 입에서 무슨 소리가 난다. 꼴깍꼴깍 아이의 입은 무엇을 토하는 것이다. 비리치근한 냄새가 홱 끼친다.

"여보 어디?"

황 서방도 분명히 꼴깍 소리를 들었다. 아이는 아직 목숨이 붙었다. 빗물이 입으로 흘러들어간 것을 게운 것이다.

"제에길, 파리새끼만두 못한 게 찔기긴!"

아비가 받았던 아이를 구덩이 둔덕에 털썩 놓아 버린다.

비는 한결같다. 산골짜기에는 물소리뿐 아니라, 개구리, 맹꽁이 그리고도 무슨 날짐승 소리 같은 것도 난다.

아이는 세 번째 들여다볼 적에는 틀림없이 죽은 것 같았다. 다시 구덩이 바닥에 물을 처내었다. 가마니를 한끝을 깔고 아이

를 놓고 남은 한끝으로 덮고 흙을 덮었다.

황 서방은 아이를 묻고, 고무신 한 짝을 잃어버리고 쩔름거리며 권 서방의 뒤를 따라 한길로 내려왔다.

아직 하늘은 트이려 하지 않는다.

"섰음 뭘 허나?"

황 서방은 아이 무덤 쪽을 쳐다보고 멍청히 섰다.

"돌아서세, 어서."

"예가 어디쯤이지."

"그까짓 건…… 고무신 한 짝이 아깝네만……."

"……."

"가세 어서."

황 서방은 아이 무덤 쪽에서 돌아서기는 했으나 권 서방과는 반대 방향으로 걸어가는 것이다. 권 서방이 쫓아와 붙든다.

"내 이년을 그예 찾아 한 구뎅에 처박구 말 테여……."

"허! 이럼 뭘 허나?"

"으흐흐…… 이리구 삶 뭘 허는 게여? 목석만두 못헌 애비지 뭐여? 저것 원술 누가 갚어…… 이년을 내 젖퉁일 썩뚝 짤러다 묻어 줄 테다."

"황 서방, 진정해요."

"놓으래두……."

"아, 딸년들은 또 어떻게 되라구?"

"⋯⋯."

황 서방은 그만 길 가운데 철벅 주저앉아 버린다. 하늘은 그저 먹장이요, 빗소리 속에 개구리와 맹꽁이 소리뿐이다.

돌다리

　정거장에서 샘말 십 리 길을 내려오노라면 반이 될락말락한 데서부터 샘말 동네보다는 그 건너편 산기슭에 놓인 공동묘지가 먼저 눈에 뜨인다.

　창섭은 잠깐 걸음을 멈추고까지 바라보았다.

　봄에 올 때 보면, 진달래가 불붙듯 피어 올라가는 야산이다. 지금은 단풍철도 지나고 누르테테한 가닥나무들만 묘지를 둘러, 듣지 않아도 적막한 버스럭 소리만 울릴 것 같았다. 어느 것이라고 집어 낼 수는 없어도, 창옥의 무덤이 어디쯤이라고는 짐작이 된다. 창섭은 마음으로 '창옥아' 불러 보며 묵례를 보냈다.

　다만 오뉘뿐으로 나이가 훨씬 떨어진 누이였었다. 지금도 눈에 선하다. 자기가 마침 방학으로 와 있던 여름이었다. 창옥은 저녁 먹다 말고 갑자기 복통으로 뒹굴었다. 읍으로 뛰어 들어 가 의사를 청해 왔다. 의사는 주사를 놓고 들어갔다. 그러나 밤 새도록 열은 내리지 않았고 새벽녘엔 아파하는 것도 더해 갔다. 다시 의사를 데리러 갔으나 의사는 바쁘다고 환자를 데려오라 하였다. 하라는 대로 환자를 데리고 들어갔으나 역시 오진을 했 었다. 다시 하루를 지나 고름이 터지고 복막이 절망적으로 상해 버린 뒤에야 겨우 맹장염인 것을 알아낸 눈치였다.

그때 창섭은, 자기도 어른이기만 했으면 필시 의사의 먹살을 들었을 것이었다. 이런, 누이의 허무한 주검에서 창섭은 뜻을 세워, 아버지가 권하는 고농(高農)을 마다하고 의전(醫專)으로 들어갔고, 오늘에 이르러는, 맹장 수술로는 서울서도 정평이 있 는 한 권위가 된 것이다.

'창옥아, 기뻐해 다구. 이번에 내 병원이 좋은 건물을 만나 커 지는 거다. 개인 병원으론 제일 완비한 수술실이 실현될 거다! 입원실 부족도 해결될 거다. 네 사진을 크게 확대해 내 새 진찰 실에 걸어 노마……'

창섭은 바람도 쌀쌀할 뿐 아니라 오후 차로 돌아가야 할 길이 라 걸음을 재우쳤다.

길은 그전보다 넓어도 졌고 바닥도 평탄하였다. 비나 오면 진흙에 헤어날 수 없었는데 복판으로는 자갈이 깔리고 어떤 목은 좁아서 소바리가 논으로 미끄러져 들어가기 십상이었는데 바위를 갈라내어서 일매지게 넓은 길로 닦아졌다. 창섭은, '이럴 줄 알았더면 정거장에서 자전거라도 빌려 타고 올걸.' 하였다.

눈에 익은 정자나무 선 논이며 돌각담을 두른 밭들도 나타났다. 자기 집 논과 밭들이었다. 논둑에 선 정자나무는 그전부터 있은 것이나 밭에 돌각담들은 아버지께서 손수 쌓으신 것이다.

창섭의 아버지는 근검으로 근방에 소문난 영감이다. 그러나 자기 대에 와서 밭 하루갈이도 늘구지는 못한 것으로도 소문난 영감이다. 곡식 값보다는 다른 물가가 높아졌을 뿐 아니라 전대(前代)에는 모르던 아들의 유학이란 것이 큰 부담인 데다가,

"할아버지와 아버지께서 나를 부자 소린 못 들어도 굶는단 소린 안 듣고 살도록 물려주시구 가셨다. 드럭드럭 탐내 모아선 뭘 허니, 할아버지께서 쇠똥을 맨손으로 움켜다 넣시던 논, 아버지께서 명덜을 손수 이룩허신 밭을 더 건 논으로 더 기름진 밭이 되도록, 닦달만 해 가기에도 내겐 벅찬 일일 게다."

하고 절용해 쓰고 남는 돈이 있으면 그 돈으로는 품을 몇씩 들여서까지 비뚠 논배미를 바로잡기, 밭에 돌을 추려 바람맞이로 담을 두르기, 개울엔 둑막이하기, 그러다가 아들이 의사가 된 후로는, 아들 학비로 쓰던 몫까지 들여서 동네 길들은 물론, 읍

길과 정거장 길까지 닦아 놓았다. 남을 주면 땅을 버린다고 여간 근실한 자국이 아니면 소작을 주지 않았고, 소를 두 필이나 매고 일꾼을 세 명씩이나 두고 적지 않은 전답을 전부 자농(自農)으로 버티어 왔다. 실속이 타작(打作)만 못하다는 둥, 일꾼 셋이 저희 농사 해 가지고 나간다는 둥 이해만을 따져 비평하는 소리가 많았으나 창섭의 아버지는 땅을 위해서는 자기의 이해만으로 타산하려 하지 않았다. 이와 같은 임자를 가진 땅들이라 곡식은 거둔 뒤 그루만 남은 논과 밭이되, 그 바닥들의 고름, 그 언저리들의 바름, 흙의 부드러움이 마치 시루떡 모판이나 대하는 것처럼 누구의 눈에나 탐스럽게 흐뭇해 보였다.

이런 땅을 팔기에는, 아무리 수입은 몇 배 더 나은 병원을 늘쿠기 위해서나 아버지께 미안하지 않을 수 없었다. 그러나 잡히기나 해 가지고는 삼만 원 돈을 만들 수가 없었고, 서울서 큰 양관을 손에 넣기란 돈만 있다고도 아무 때나 될 일이 아니었다.

'아버지께선 내년이 환갑이시다! 어머니께선 겨울이면 해마다 기침이 도지신다. 진작부터 내가 모셔야 했을 거다. 그런데 내가 시굴로 올 순 없고, 천생 부모님이 서울로 가시어야 한다. 한동네서도 땅을 당신만치 못 거둘 사람에겐 소작을 주지 않으셨다. 땅 전부를 소작을 내어 맡기고는 서울 가 편안히 계실 날이 하루도 없으실 게다. 아버님의 말년을 편안히 해 드리기 위

해서도 땅은 전부 없애 버릴 필요가 있는 거다!'

창섭은 샘말에 들어서자 동구에서 이내 아버지를 뵐 수가 있었다. 아버지는, 가에는 살얼음이 잡힌 찬물에 무릎까지 걷고 들어서서 동네 사람들을 축추겨 돌다리를 고치고 계시었다.

"어떻게 갑재기 오느냐?"

"네 좀 급히 여쭤 봐야 할 일이 생겼습니다."

"그래? 먼저 들어가 있거라."

동네 사람 수십 명이 쇠고삐 두 기장은 흘러 내려간 다릿돌을 동아줄에 얽어 끌어올리고 있었다. 개울은 동네 복판을 흐르고 있어 아래위로 징검다리는 서너 군데나 놓였으나 하룻밤 비에도 일쑤 넘치어 모두 이 큰 돌다리로 통행하던 것이었다. 창섭은 어려서 아버지께 이 큰 돌다리의 내력을 들은 것이 아직도 기억에 남아 있다.

"너희 증조부님 돌아가시어서다. 산소에 상돌을 해 오시는데 징검다리로야 건네올 수가 있니? 그래 너희 조부님께서 다리부터 이렇게 넓구 튼튼한 돌루 노신 거란다."

그 후 오륙십 년 동안 한 번도 무너진 적이 없었는데 몇 해 전 어느 장마엔 어찌 된 셈인지 가운데 제일 큰 장이 내려앉아 떠내려갔던 것이다. 두께가 한 자는 실하고 폭이 여섯 자, 길이는 열 자가 넘는 자연석 그대로라 여간 몇 사람의 힘으로는 손을

댈 엄두부터 나지 못하였다. 더구나 불과 수십 보 이내에 면(面)의 보조를 얻어 난간까지 달린 한다한 나무다리가 놓인 뒤에 일이라 이 돌다리는 동네 사람들에게 완전히 잊혀진 채 던져져 있던 것이었다.

집에 들어가니, 어머니는 다리 고치는 사람들 점심을 짓느라고, 역시 여러 명의 동네 여편네들과 허둥거리고 계시었다.

"웬일인데 어째 혼자만 오느냐?"

어머니는 손자아이들부터 보이지 않음을 물으신다.

"오늘루 가야겠어서 아무두 안 데리구 왔습니다."

"오늘루 갈 걸 뭘 허 오누?"

"인전 어머니서껀 서울로 모셔 갈 채빌 허러 왔다우."

"서울루! 제발 아이들허구 한데서 살아 봤음 원이 없겠다."

하고 어머니는 땅보다, 조상님들 산소나 사당보다, 손자아이들에게 더 마음이 끌리시는 눈치였다. 그러나 아버지만은 그처럼 단순히 들떠질 마음이 아니었다.

아버지는 아들의 뒤를 쫓아 이내 개울에서 들어왔다. 아들은, 의사인 아들은, 마치 환자에게 치료 방법을 이르듯이, 냉정히 차근차근히 이야기를 시작하였다. 외아들인 자기가 부모님을 진작 모시지 못한 것이 잘못인 것, 한집에 모이려면 자기가 병원을 버리기보다는 부모님이 농토를 버리시고 서울로 오시는 것이 순리인 것, 병원은 나날이 환자가 늘어 가나 입원실이 부족되어 오는 환자의 삼분지 일밖에 수용 못 하는 것, 지금 시국에 큰 건물을 새로 짓기란 거의 불가능의 일인 것, 마침 교통 편한 자리에 삼층 양옥이 하나 난 것, 인쇄소였던 집인데 전체가 콘크리트여서 방화 방공으로 가치가 충분한 것, 삼층은 살림집과 직공들의 합숙실로 꾸미었던 것이라 입원실로 변장하기에 용이한 것, 각 층에 수도, 가스가 다 들어온 것, 그러면서도 가격은 염한 것, 염하기는 하나 삼만 이천 원이라, 지금의 병원을 팔면 일만 오천 원쯤은 받겠지만 그것은 새 집을 고치는 데와, 수술실의 기계를 완비하는 데 다 들어갈 것이니 집값 삼만 이천 원은 따로 있어야 할 것, 시골에 땅을 둔대야 일 년에 고작 삼천 원의 실리가 떨어질지 말지 하지만 땅을 팔아다 병원만 확장해 놓으면, 적어도 일 년에 만 원 하나씩은 이익을 뽑을 자신이 있는 것, 돈만 있으면 땅은 이담에라도, 서울 가까이라도 얼마든지 좋은 것으로 살 수 있는 것……. 아버지는 아들의 의견을 끝까지 잠잠히 들었다. 그리고,

"점심이나 먹어라. 나두 좀 생각해 봐야 대답허겠다."

하고는 다시 개울로 나갔고, 떨어졌던 다릿돌을 올려놓고야 들어와 그도 점심상을 받았다.

점심을 자시면서였다.

"원, 요즘 사람들은 힘두 줄었나 봐! 그 다리 첨 놀 제 내가 어려서 봤는데 불과 여남은 이서 거들던 돌인데 장정 수십 명이 한나잘을 씨름을 허다니!"

"나무다리가 있는데 건 왜 고치시나요?"

"너두 그런 소릴 허는구나. 나무가 돌만 허다든? 넌 그 다리서 고기 잡던 생각두 안 나니? 서울루 공부 갈 때 그 다리 건너서 떠나던 생각 안 나니? 시쳇사람들은 모두 인정이란 게 사람헌테만 쓰는 건 줄 알드라! 내 할아버지 산소에 상돌을 그 다리로 건네다 모셨구, 내가 천잘 끼구 그 다리루 글 읽으러 댕겼다. 네 어미두 그 다리루 가말 타구 내 집에 왔어. 나 죽건 그 다리루 건네다 묻어라……. 난 서울 갈 생각 없다."

"네?"

"천금이 쏟아진대두 난 땅은 못 팔겠다. 내 아버님께서 손수 이룩허시는 걸 내 눈으루 본 밭이구, 내 할아버님께서 손수 피땀을 흘려 모신 돈으루 장만허신 논들이야. 돈 있다고 어디가 느르지논 같은 게 있구, 독시장 밭 같은 걸 사? 느르지 논둑에 선 느티나문 할아버님께서 심으신 거구, 저 사랑 마당에 은행나무는 아버님께서 심으신 거다. 그 나무 밑에를 설 때마다 난 그 어룬들 동상(銅像)이나 다름없이 경건한 마음이 솟아 우러러보군 헌다. 땅이란 걸 어떻게 일시 이해를 따져 사구 팔구 허느냐?

땅 없어 봐라, 집이 어딨으며 나라가 어딨는 줄 아니? 땅이란 천지 만물의 근거야. 돈 있다구 땅이 뭔지두 모르구 욕심만 내 문서 쪽으로 사 모기만 하는 사람들, 돈놀이처럼 변리만 생각허구 제 조상들과 그 땅과 어떤 인연이란 건 도시 생각지 않구 헌신짝 버리듯 하는 사람들, 다 내 눈엔 괴이한 사람들루밖엔 뵈지 않드라."

"……."

"네가 뉘 덕으루 오늘 의사가 됐니? 내 덕인 줄만 아느냐? 내가 땅 없이 뭘루? 밭에 가 절하구 논에 가 절해야 쓴다. 자고로 하눌 하눌 허나 하눌의 덕이 땅을 통허지 않군 사람헌테 미치는 줄 아니? 땅을 파는 건 그게 하눌을 파나 다름없는 거다."

"……."

"땅을 밟구 다니니까 땅을 우습게들 여기지? 땅처럼 응과(應果)가 분명헌 게 무어냐? 하눌은 차라리 못 믿을 때두 많다. 그러나 힘들이는 사람에겐 힘들이는 만큼 땅은 반드시 후헌 보답을 주시는 거다. 세상에 흔해 빠진 지주들, 땅은 작인들헌테나 맡겨 버리구, 떡 도회지에 가 앉어 소출은 팔어다 모다 도회지에 낭비해 버리구, 땅 가꾸는 덴 단돈 일 원을 벌벌 떨구, 땅으루 살며 땅에 야박한 놈은 자식으로 치면 후레자식 셈이야. 땅이 말을 할 줄 알어 봐라? 배고프단 땅이 얼마나 많을 테냐? 해마다 걷어만 가구, 땅은 자갈밭이 되니 아나? 둑이 떠나가니 아나? 거름 한 번 제대로 넣나? 작인이 우는 소리나 해야 요즘 너희 신의들 주사침 놓듯, 애꿎인 금비만 털어 넣지. 그렇게 땅을 홀댈허군 인제 죽어서 땅이 무서서 어디루들 갈 텐구!"

창섭은 입이 얼어 버리었다. 손만 부비었다. 자기의 생각은 너무나 자기 본위였던 것을 대뜸 깨달았다. 땅에는 이해를 초월한 일종 종교적 신념을 가진 아버지에게 아들의 이단적(異端的)인 계획이 용납될 리 만무였다. 아버지는 상을 물리고도 말을 계속하였다.

"너루선 어떤 수단을 쓰든지 병원부터 확장허려는 게 과히 엉뚱헌 욕심은 아닐 줄두 안다. 그러나 욕심을 부련 못쓰는 거다. 의술은 예로부터 인술(仁術)이라지 않니? 매살 순탄허게 진실허게 해라."

"……"

"네가 가업을 이어나가지 않는다군 탄허지 않겠다. 넌 너루서 발전헐 길을 열었구, 그게 또 모리지배(謀利之輩)의 악업이 아니라 활인(活人)허는 인술이구나! 내가 어떻게 불평을 말허니? 다만 삼사 대 집안에서 공들여 이룩해 논 전장을 남의 손에 내맡기게 되는 게 저윽 애석헌 심사가 없달 순 없구……."

"팔지 않으면 그만 아닙니까?"

"나 죽은 뒤에 누가 거두니? 너두 이제두 말했지만 너두 문서 쪽만 쥐구 서울 앉어 지주 노릇만 허게? 그따위 지주허구 작인 틈에서 땅들만 얼말 곯는지 아니? 안 된다. 팔 테다. 나 죽을 임 시엔 다 팔 테다. 돈에 팔 줄 아니? 사람헌테 팔 테다. 건너 용문 이는 우리 느르지논 같은 건 한 해만 부쳐 보구 죽어두 농군으 로 태났던 걸 한허지 않겠다구 했다. 독시장 밭을 내논다구 해 봐라, 문보나 덕길이 같은 사람은 길바닥에 나앉드라두 집을 팔 아 살려구 덤빌 게다. 그런 사람들이 땅 임자 안 되구 누가 돼야 옳으냐? 그러니 아주 말이 난 김에 내 유언(遺言)이다. 그런 사 람들 무슨 돈으로 땅값을 한몫 내겠니? 몇몇 해구 그 땅 소출을 팔아 연년이 갚어 나가게 헐 테니 너두 땅값을랑 그렇게 받어 갈 줄 미리 알구 있거라. 그리구 네 모가 먼저 가면 내가 묻을 거 구, 내가 먼저 가게 되면 네 모만은 네가 서울루 그때 데려가렴. 난 샘말서 이렇게 야인(野人)으로나 죄 없는 밥을 먹다 야인인 채 묻힐 걸 흡족히 여긴다."

"……."

"자식의 젊은 욕망을 들어 못 주는 게 애비된 맘으루두 섭섭 허다. 그러나 이 늙은이헌테두 그만 신념쯤 지켜 오는 게 있다 는 걸 무시하지 말어 다구."

아버지는 다시 일어나 담배를 피우며 다리 고치는 데로 나갔다. 옆에 앉았던 어머니는 두 눈에 눈물을 쭈루루 흘리었다.

"너이 아버지가 여간 고집이시냐?"

"아뇨, 아버지가 어떤 어른이신 건 오늘 제가 더 잘 알았습니다. 우리 아버진 훌륭헌 인물이십니다."

그러나 창섭도 코허리가 찌르르하였다. 자기가 계획하고 온 일이 실패한 것쯤은 차라리 당연하게 생각되었고, 아버지와 자기와의 세계가 격리되는 일종의 결별의 심사를 체험하는 때문이었다.

아들은 아버지가 고쳐 놓은 돌다리를 건너 저녁차를 타러 가 버리었다. 동구 밖으로 사라지는 아들의 뒷모양을 지키고 섰을 때, 아버지의 마음도, 정말 임종에서 유언이나 하고 난 것처럼 외롭고 한편 불안스러운 심사조차 설레었다.

아버지는 종일 개울에서 허덕였으나 저녁에 잠도 달게 오지 않았다. 젊어서 서당에서 읽던 백낙천(白樂天)의 시가 다 생각이 났다. 늙은 제비 한 쌍을 두고 지은 노래였다. 제 뱃속이 고픈 것은 참아 가며 입에 얻어 문 것은 새끼들부터 먹여 길렀으나, 새끼들은 자라서 나래에 힘을 얻자 어디로인지 저희 좋을 대로 다 날아가 버리어, 야위고 늙은 어버이 제비 한 쌍만 가을바람 소슬한 추녀 끝에 쭈그리고 앉았는 광경을 묘사하였고, 나중에는, 그 늙은 어버이 제비들을 가리켜, 새끼들만 원망하지 말고,

너희들이 새끼 적에 역시 그러했음도 깨달으라는 풍자(諷刺)의 시였다.

'흥!'

노인은 어두운 천장을 향해 쓴웃음을 짓고 날이 밝기를 기다려 누구보다도 먼저 어제 고쳐 놓은 돌다리를 보러 나왔다.

흙탕이라고는 어느 돌 틈에도 남아 있지 않았다. 첫곬으로도, 가운뎃곬으로도, 끝엣곬으로도 맑기만 한 소담한 물살이 우쭐우쭐 춤추며 빠져 내려갔다. 가운뎃장으로 가 쾅 굴러 보았다. 발바닥만 아플 뿐 끄떡이 있을 리 없다. 노인은 쭈루루 집으로 들어와 소금 접시와 낯수건을 가지고 나왔다. 제일 낮은 받침돌에 내려앉아 양치를 하고 세수를 하였다. 나중에는 다시 이가 저린 물을 한입 물어 마시며 일어섰다. 속에 모든 게 씻기는 듯 시원하였다. 그리고 수염에 물을 닦으며 이렇게 생각하였다.

'비가 아무리 쏟아져도 어떤 한정을 넘는 법은 없다. 물이 분수없이 늘어 떠 내려갔던 게 아니라 자갈이 밀려 내려와 물구멍이 좁아졌든지, 그렇지 않으면, 어느 받침돌의 밑이 물살에 궁굴러 쓰러졌던 그런 까닭일 게다. 미리 바닥을 치고 미리 받침돌만 제대로 보살펴 준다면 만년을 간들 무너질 리 없을 게다. 그저 늘 보살펴야 허는 거다. 사람이란 하늘 밑에 사는 날까진 하루라도 천리(天理)에 방심을 해선 안 되는 거다……'

162

이태준 [李泰俊, 1904. 11. 4. ~ ?]

호는 상허(尙虛) 또는 상허당주인(尙虛堂主人). 강원도 철원 출생. 개화파 지식인이었던 아버지 때문에 블라디보스토크 등지로 망명하며 가난한 어린 시절을 보냈다. 1925년 〈시대 일보(時代日報)〉에 〈오몽녀(五夢女)〉라는 단편 소설이 실린 이후 작품 활동을 본격적으로 시작하였다. 사상적이거나 현실적인 내용보다는 전통적 풍류나 아름다운 문장 등을 통해 서정성을 보이는 작품을 많이 발표하였다.

광복 이후 '조선 문학가 동맹'에 포섭되어 활동하다 월북하였으며, 1952년 사상 검토를 당한 후 1956년 숙청당한 것으로 알려져 있는데, 이후 행적이나 사망 연도가 불확실하다. 대표작으로는 〈아무 일도 없소〉, 〈꽃나무는 심어 놓고〉, 〈복덕방〉, 〈까마귀〉, 〈패강냉〉, 〈농군〉, 〈밤길〉, 〈돌다리〉 등이 있다.

◆작품 개관

이 작품은 해방 전후를 배경으로 일제 청산과 이념의 대립 그리
고 해방 이후 국가가 나아가야 할 방향에 대한 이해 관계의 충돌
등 수많은 갈등이 나타나던 시기를 배경으로 한다. '현'이라는 작
가가 해방 전후를 살아가며 느끼는 내면의 혼란과 갈등, 선택 등
을 보여 주며 당시를 살던 지식인이 어떤 정신적 고뇌를 겪어야
했는가를 이야기한다.

◆줄거리

일제 강점기 말, 시국에 대해 소극적이던 작가 '현'은 살던 집을
세놓고 강원도 산골로 들어간다. 하지만 산골 역시 일제의 감시
가 도사리던 곳이어서, 감시의 눈을 피해 낚시 등으로 시간을 보
낸다. 그러던 중 그는 산골에 사는 김 직원이라는 사람을 친구로

사귀게 된다.

그러던 중, 문인 보국회에서 주최하는 문인 궐기 대회에 참석하지 않을 수 없는 상황이 되는데, '현'은 마지못해 참석하지만 자신의 연설 순서가 돌아오자 몰래 대회장을 빠져 나온다. 그 후 전국 유도(儒道) 대회와 관련해 김 직원이 잡혀 들어가고, 서울 친구의 전보를 받고 상경하던 '현'은 일제의 패망과 조선의 독립 소식을 듣는다.

'조선 문화 건설 중앙 협의회'를 찾은 그는 마침 기초하고 있던 그들의 선언문을 읽고 서명하여 좌익 진영에 가담하게 된다.

'현'은 '조선 인민 공화국 절대 지지'라는 현수막 사건을 통해 그들의 지도자로 '프로 예맹'과의 통합을 계획하는데, 김 직원이 찾아와 좌익 단체에 개입하고 있는 '현'을 적극 만류한다. 두 사람은 말싸움 끝에 서로의 이념이 함께할 수 없다는 것을 파악한다.

좌익과 우익간의 신탁 통치에 대한 찬성과 반대로 어수선하던 때에 다시 나타나 서울을 떠난다고 말하는 김 직원을 보며 '현'은 중국의 문인인 왕국유를 떠올리고는 안타까워한다.

자신의 선택에 대한 자전적 변명

'한 작가의 수기'라는 부제가 붙어 있는 이 작품은 1946년 문학가 동맹에서 발행한 《문학》의 창간호에 발표된 단편으로, 주인공 '현'의 해방 전후 모습을 통해 광복 전후의 이태준의 모습을 자전적으로 그리고 있는 작품이다.

◆작품의 구조

지식인들의 이념적 갈등

이 소설은 해방 공간에서 빚어지던 지식인 사이의 이념적 갈등을 반영하는 작품이다.

이태준은 '현'과 '김 직원'의 대비를 통해 이야기를 전개하는데, 본래는 서로가 존중하고 우러러 보던 관계였으나 이제 한쪽은 기존의 봉건 제도에 반대하며 사회주의적 경향의 단체에 가담하고, 한쪽은 왕조의 부활을 강력하게 소망하는 봉건적 유생으로 남아 결국은 함께할 수 없는 사이가 된다. 이러한 극단적 갈등은 해방이라는 특별한 상황 속에서 나타났던 지식인들의 모습을 그대로 보여 준다.

◆작품의 감상과 수용

해방 전후의 혼란

이 작품에는 당시 조선 문인들의 현실 상황이 그대로 드러나 있다. '현'의 고백을 통해 이태준은 당대 문인들의 현실과, 광복이 되었음에도 불구하고 쉽게 기뻐하지 못하는 민중들의 모습을 통해 당시 사람들에 대해 느끼는 안타까움을 보여 준다.

이태준은 이렇게 해방 전후라는 혼란스러운 상황에서 한 지식인의 복잡한 내면 갈등을 드러내는 방법을 통해 당시를 살던 사람들의 혼란스러운 마음을 보여 준다.

◆작품에 반영된 현실

이분법적 대립 앞에 놓은 선택의 고뇌

이태준은 일제의 탄압이 최고조에 달한 일제 강점기 말에 최소한의 자기를 지켜 내는 고뇌를 그린 후, 해방 직후의 혼란스러운 상황에서 문학인으로서 추구해 나가야 할 방향을 찾아 새로운 삶을 실천하는 문제를 차분하게 그린다.

'현'의 말이나 행동을 통해 이태준이 해방 후 왜 월북을 택했는가에 대한 이유를 엿볼 수 있는데, 작가인 '현'의 논리가 문학가보다는 정치인에 가깝다는 비판이 있기도 했지만, 이태준이 순수

문학가에서 사회주의라는 사상적인 변화를 거쳐 변신하는 모습을 가장 뚜렷하게 보여 주는 작품이다.

그러나 주인공 '현'이 보이는 불분명하고 소극적이며 순수한 부분들은 극단적인 이념의 대립을 보였던 당시 지식인들의 태도 안에 녹아들 수 없는 것으로, 이태준이 당시 사회주의에 빠르게 적응하지 못하고 숙청되었던 이유 역시 이런 것이었음을 추측할 수 있다.

복덕방

◆작품 개관

이 작품은 일제 강점기의 경성을 배경으로 빠른 근대화의 물결 속에서 소외된 세대의 궁핍과 좌절을 경성 변두리에 있는 작은 복덕방으로 형상화해 표현한다. 소설 속에 등장하는 세 노인의 이야기를 통해 젊은 세대의 이기심과 탐욕에 대해 비판한다.

◆줄거리

안 초시, 서 참의, 박희완 세 노인은 서 참의의 복덕방에서 무료하게 소일한다. 안 초시는 여러 차례의 사업 실패로 인해 무용가로 유명한 딸 경화에게 그냥 용돈이나 얻어 쓰는 궁색한 처지이다. 서 참의는 구한말에 참의로 봉직했던 무관이었는데, 일제 강점기 후 복덕방을 차려 가옥 중개업의 호황으로 어느 정도 경제적으로 안정적인 기반을 얻었다. 박희완 영감은 훈련원 시절 서 참의의 친구로, 재판소에 다니는 조카를 빌미로 대서업(代書業)을 한다고 일본어 공부를 열심히 하는 노인이다.

　재기를 꿈꾸던 안 초시에게 박 영감이 얻어들은 부동산 투자 정보를 일러 주고, 일확천금을 꿈꾸던 안 초시는 딸이 마련해 준 돈을 몽땅 부동산에 투자하지만 일 년이 지나도 땅값이 오를 기미는 전혀 보이지 않는다. 결국 모든 것이 사기극임이 밝혀지자 딸 안경화는 안 초시를 멸시하고 냉대하는데, 이에 충격을 받은 안 초시는 음독자살한다. 아버지의 자살로 자신의 사회적 명예가 훼손될 것을 우려한 안 초시의 딸 경화는 경찰에 신고하지 않는 대신 서 참의가 요구한 대로 장례식을 성대하게 치른다. 장례식에 참석한 서 참의와 박희완은 조문객들의 허세에 울분에 차 눈물 흘리며 묘지로 가지 않고 술집으로 내려온다.

◆작가와 작품
소외된 자들에게 보내는 따뜻한 시선
이태준은 사회에서 소외된 사람들을 따뜻한 시선으로 바라보는 작품들을 많이 썼는데, 이 작품 역시 일제에 의해 삶의 기반이 상실된 사람들의 삶의 현실을 전지적 작가 시점으로 서술했다. 이태준은 이 작품에서 세 명의 노인을 등장시키는데, 젊을 때는 다들 자신의 자리에서 사회 구성원으로 각자의 삶을 살던 노인들이 이제는 삶에서 밀려나 복덕방에서 소일이나 하고 지내는 생활을 그리면서, 소외된 노인들의 삶을 애정 어린 시선으로 바라본다.

한편 이 작품에서 자본주의에 오염된 공간으로 묘사되는 도시와, 안 초시의 딸 안경화로 대표되는 도시인들의 이기심과 위선의 모습을 통해 새로운 문명에 대한 이태준의 비판 의식도 엿볼 수 있다.

◆작품의 구조

소외된 세대의 소외된 죽음

이 작품에 등장하는 노인들은 변하기 전 사회의 질서와 가치에 매달려 있다가 근대화의 물결에서 밀려나 복덕방 구석을 지키고 있다. 특히 안 초시는 새롭게 변화한 세상에서도 큰돈을 벌어 잘 살아 보려는 욕심을 부리지만, 결국 좌절하는 인물로 그려진다. 그의 딸은 출세한 무용가로 화려한 삶을 살지만, 사실은 출세와 화려함 뒤에는 도덕적인 타락과 이기심, 물질적인 욕심만이 남아 있다. 안 초시는 큰돈을 벌어 보겠다는 욕심으로 무리하게 투기를 벌였다가 사기를 당하고, 딸에게도 외면당하자 좌절 끝에 스스로 목숨을 끊는다. 결국 그가 원했던 새로운 사회의 부귀영화는 부도덕한 사람들이 부도덕한 방법으로 남의 것을 빼앗아 가며 이어가고 있었던 것이다.

◆작품의 감상과 수용

새로운 세대에 대한 비판

이 작품은 1930년대 경성 변두리의 한 복덕방을 배경으로 근대화로 인해 이전 세대가 사라져 가는 과정과 그 세대의 좌절을 보여 준다. 새로운 세대로 대표되는 안경화는 아버지의 죽음이라는 비극 앞에서도 자신의 명예가 훼손될 것만을 걱정한다. 이를 통해 근대화 과정에서 쉽게 변하는 사람들의 허세와 이기심을 비판하면서 이들에 대한 경각심을 불러일으킨다.

◆작품에 반영된 현실

변화에 적응하지 못하는 세대의 좌절

1930년대는 일제 강점기가 본격화되면서 사회의 변화도 급물살을 타던 시기이다. 일본의 근대식 제도 정비에 의해 많은 부분이 조선과 달라졌으며, 서양 문물의 유입을 통해 무용과 같은 예술이 천한 것에서 대접받는 것으로 변화하기 시작했고, 집이 사고

파는 거래의 대상이 되면서 복덕방과 같은 곳이 나타났다. 이 세 노인은 단순히 삶의 변두리로 밀려난 것이 아니라, 새로운 시대에 적응하지 못해 시대의 밖으로 밀려난 것이다. 세 노인은 경제적 실패나 나이로 인한 여러 가지 삶의 변화보다 시대에 소속되지 못하고 겉도는 소외감으로 인해 좌절하고 슬퍼한다고 볼 수 있다.

◆작품 개관

이 작품은 달밤이라는 아름다운 배경을 두고 달밤이 풍기는 따사로운 분위기와 그 속에서 살아가는 인간들의 모습을 한 폭의 수채화처럼 그린 작품이다. 1930년대 서울 성북동을 배경으로 우둔하지만 천진한 품성의 황수건이 빠른 시대의 변화에 적응하지 못하고 아픔을 겪는 과정을 '나'의 서술 시점에서 따뜻하고 안쓰럽게 지켜본다.

◆줄거리

성북동으로 이사 온 '나'는 시냇물 소리와 쏴아 하는 솔바람 소리 때문이 아니라, 신문을 배달하러 온 황수건이란 사람을 만나면서 이곳이 시골이라는 느낌을 받는다. 사흘 동안이나 집을 찾지 못했다면서 공손한 인사를 남기고 간 그는 또 다시 늦게 배달을 와서는, 늦은 이유를 묻는 '나'에게 자신이 원(정식) 배달원이 아닌 보조 배달원이라고 설명한다. 그는 원 배달원이 되는 것이 소원이라며 웃는다.

어느 날 성북동이 따로 한 구역이 되자, 황수건은 보조 배달원 자리마저 할 수 없게 되고 만다. '나'는 세상의 인심이 야박하다 생각한다. 황수건은 원래 삼산 학교에서 급사로 있었는데, 눈치 없는 행동을 거듭하다 자리에서 쫓겨났다. 시간이 지나 서서히 그를 잊을 때쯤 다시 나타난 황수건은 삼산 학교의 급사 자리로 다시 가야겠다고 말한다. 그는 현재 급사가 근력이 좋아 자기도 근력을 키우는 중이라며 우두(牛痘)를 맞지 말아야 근력이 좋아진다는 근거 없는 이야기를 한다. '나'는 그의 이야기들을 진지하게 들어주다 처지가 하도 딱해서 참외 장사라도 해 보라고 돈 삼 원을 준다. 한동안 그는 참외도 가져오고 포도도 훔쳐 오는 등 '나'의 집에 잘 들렀으나, 결국 참외 장사도 실패하고 끝내는 아내마저 달아났다는 소식이 들려온다.

어느 늦은 밤, '나'는 길을 걷다가 우연히 그를 보게 된다. 그는 달만 쳐다보며 같은 구절을 반복해서 노래한다. 담배를 피우는 모습도 처음 보는 그의 모습이다. '나'는 그를 부를까 하다가 그가 무안해할까 싶어 얼른 나무 그늘에 몸을 숨긴다. 쓸쓸한 달밤이다.

'착한 사람' 이야기

이태준의 상고 주의(尚古主義, 옛것을 귀하게 여기는 마음)는 자신의 이익을 따지지 않고 순수한 마음을 지니고 있는 사람으로 드러나는 경우가 많은데, 이 작품에서는 황수건이 대표적이다. 황수건은 소외된 계층을 대표하는 인물로 신문 보조 배달부 일마저 '모자란' 이유로 빼앗기고 말지만, 그럼에도 천성이 서글서글하고 살가우며, 받은 친절에 대해서는 반드시 갚으려는 노력과 의지가 있는 순진한 인물이다. 이태준은 이들을 희화화하지 않고 그들의 눈높이에서 친절하고 정중하게 대하며, 따뜻한 인간애가 느껴지는 방식으로 서술한다. 그래서 달밤이라는 정취 아래에서 노래를 부르는 황수건의 모습을 숨어서 지켜보는 '나'의 모습 또한 아름답게 느껴진다.

◆작품의 구조

'나'와 황수건의 운명적 만남

〈달밤〉에서 '나'는 시골 성북동으로 이사 와서 신문 배달하는 황수건을 만난다. 소설의 구도는 두 사람의 만남과 한동안의 단절 그리고 다시 만나는 과정으로 이뤄지는데, 이러한 과정을 통해 황수건의 인물됨이 더 도드라진다. 유독 순박하기 짝이 없고 못난 황수건이 '나'의 눈에 띄었던 이유는 서울이란 도시 안에서 잘난 사람들을 만나 왔지만 뒤끝이 깨끗하지 못해 늘 실망을 해 오던 차였기 때문이다. '나'는 이런 인물에 따스한 정을 느끼고 깨끗한 느낌을 가진다.

◆작품의 감상과 수용
'반편이'의 미덕

황수건은 한 곳에 배달이 밀리면 밤늦게까지 기어코 해내고야 마는 '반편이' 같은 인간형을 보여 주는데, 결국 황수건의 그런 '반편이' 같은 모습이 신문 보조 배달원에서도 해고되는 이유가 된다. 요령을 피울 줄 모르는 순박하고 착한 사람들이 바쁜 경쟁 시스템 속에서 패자가 되어 가는 모습을 보면서 독자들은 '자신의 이익을 위해 요령을 부리고 이득을 챙기고야 마는 사람들이 과연 남을 위해 우직하고 순진하게 살아가는 반편이들보다 나은가?'라는 질문을 던지게 된다.

시대에 뒤떨어진 자들에 대한 연민의 눈길

1930년대는 젊은 사람들도 그 속도를 따라잡지 못할 정도로 많은 것이 정신없이 변했던 시기이다. 그 변화 속에는 사회에서 소외된 많은 사람이 존재했다. 나이든 노인과, 다른 사람보다 가난하거나, 배우지 못하거나, 머리가 나빠서 뒤처진 사람들이다. 이태준은 이렇게 시대의 흐름에 몸을 맡기지 못하고 휩쓸리는 사람들의 좌절과 고통을 이해하고 그들을 인간적이고 따뜻한 눈길로 위로한다. 황수건 역시 시대의 흐름에 뒤처진 사람이지만, '나'에게는 아무런 문제가 되지 않는다. 애초에 사흘씩 신문이 오지 않아도, 한밤이나 되어서 신문 배달이 와도 화를 낸 적이 없다. 그것은 그를 만나는 즐거움에 비하면 아무것도 아니기 때문이다. 오히려 '나'는 그를 만나지 못하게 되자 서운함을 느낀다.

까마귀

◆작품 개관

이 작품은 1930년대의 독특한 시대적 분위기를 반영하는 소설이
다. 당대에 유행하던 어둡고 침침한 분위기를 감각적으로 묘사하
고, 예로부터 흉한 징조로 여기던 까마귀 소리를 통해 죽음에 대
해 미리 암시한다.

◆줄거리

'그'는 괴팍한 문체 때문에 독자에게 인기가 없는 작가이다. 하숙
생활도 힘겨울 정도로 수입이 적어 궁여지책으로 시골에 있는 친
구의 별장을 빌려 겨울을 나기로 하는데, 그 별장 주변에는 많은
까마귀가 둥지를 틀고 있다. '그'는 까마귀를 불길하게 생각하는
사람들과 달리 까마귀는 자신의 친구가 될 수 있다고 생각한다.
그러던 어느 날 폐병 요양차 시골에 온 여인을 만나고, 몇 번의 만

남이 이루어진다. 그는 여인에게 호감을 갖지만, 그녀는 삶에 대한 미련이 없다. 그녀는 거의 병적으로 까마귀의 울음소리를 싫어하는데, 그 이유는 까마귀가 마치 자신의 죽음을 재촉하는 것 같고, 까마귀의 뱃속에 귀신이며 온갖 것이 들어 있는 것 같기 때문이다. 그는 여인의 생각이 잘못되었음을 증명하기 위해 까마귀를 잡아 매달지만 그녀는 나타나지 않는다. 얼마 후, 출판사에 다녀오는 길에 그녀의 시신을 실은 영구차가 나가는 것을 본다.

◆작가와 작품
감각적 묘사를 통한 분위기의 형성
〈까마귀〉는 이태준의 감각적 묘사 능력이 잘 나타난 작품이다. 친구의 아름다운 별장을 시각적으로, 까마귀의 울음소리를 청각적으로 묘사하면서 전체적으로 음습하고 우울한 작품의 분위기를 만들어 간다. 까마귀 울음소리는 젊은 여인이 죽을 것임을 암시하는 역할을 한다.

'소외'와 '죽음'

이 작품은 사회에서 '소외된 사람'과 '죽음 가까이에 있는 사람'이 한적한 별장에서 만나는 과정을 통해 인간의 고독과 죽음에 대해 이야기한다. 더불어 까마귀 울음소리를 청각적으로 묘사해 우울하고 음울한 분위기를 극대화시키고, 죽어 가는 여인을 '나'의 시선으로 지켜보며 연민의 감정으로 서술한다.

◆작품의 감상과 수용

죽음과 소멸의 미학

이태준은 가난한 무명작가와 죽음을 앞둔 젊은 여인의 짧은 사랑 이야기를 슬프거나 비극적이지 않고 아름답게 그려 내기 위해 여러 가지 방법을 사용했다. 특히 세밀한 시각적 이미지와 청각적 이미지의 묘사는 작품의 분위기를 극대화시키면서 독자들에게 작품 안에 드러나는 가난과 죽음, 사회적 실패, 공포, 좌절과 같은 부정적이고 비극적인 삶의 단면을 역설적으로 아름답게 보이게 만든다.

우울과 죽음의 미학

1930년대에는 많은 작가가 식민지 상황에서 죽음을 노래하고 절망을 아름답게 그려 냈다. 그래서 이 작품에 드러난 '나'가 가난한 무명작가인 것도, 여인의 병도, 각혈한 피를 마셔 준다는 정혼자의 비정상적인 사랑도, 정혼자가 있는 여인에 대한 '나'의 감정도 모두 아름답게 느껴진다. 이렇게 까마귀의 음울한 분위기와 더불어 별장 주변의 고풍스럽고 신비스러운 분위기, 젊은 여인의 죽음과 같은 이미지를 묘사하는 것은 당시 유행하던 '죽음의 미학'과 관계가 있다.

◆**작품 개관**

이 작품은 1930년대 일제 강점기 현실에서 가난한 도시 빈민의 비참한 삶을 사실적으로 그려 낸 소설이다. 가난 때문에 사랑하는 아들의 생명을 구할 수조차 없는 무력하고 순박한 아버지의 마음을 담담한 문체로 그려 낸 수작이다.

◆**줄거리**

심성이 착한 황 서방은 서울의 행랑집에 아내와 두 딸, 갓 낳은 아들을 남겨 두고 인천으로 내려와 월미도 근처 집 짓는 공사장에서 품팔이를 한다. 그런데 계속되는 장맛비로 공사가 중단되자 빚만 지게 된다. 그러던 중 젊은 아내가 바람이 나서 가출하고, 굶주림에 지친 두 딸과 젖을 못 먹어 거의 죽어 가는 아들을 데리고 집주인 영감이 월미도 공사장까지 찾아온다. 갓난 아들은 죽어 가고 돈이 없어 치료도 못하는 처지인 황 서방에게 동료 권 서방은 새로 지은 집에서 아이가 죽는다면 공사장에서 당장 쫓겨날 것이라며 어차피 죽을 아이니 가서 묻어 버리자고 한다. 황 서방은 결국 죽어 가는 아이를 안고 비 내리는 밤길을 나선다. 아이를 안고 걷던 두 사람은 아이의 숨이 끊어졌다고 판단하여 돌밭을 파고 빗물이 차오르는 구덩이에 아이를 묻으나 아이는 목숨이 채 끊어지지 않아 토악질을 한다. 한참을 기다린 끝에 아이가 죽자 구덩이에 아이를 묻고, 황 서방은 통곡한다. 어둠과 빗줄기 속에 황 서방은 주저앉아 버리나, 개구리와 맹꽁이 소리만 들려 올 뿐이다.

◆작가와 작품

이 가족의 비극은 누구 탓인가?

이태준은 고대하던 첫 아들을 치료도 변변히 하지 못하고 죽여야 하는 주인공 황 서방의 상황을 통해 도시 하층민 삶의 비극을 그린다. 그러면서도 이들 가족의 비극이 당대의 사회 구조적인 모순 때문이라기보다는 바람나서 가출한 아내에게 있는 것처럼 그리고 있는 점은 작가의 현실 인식의 한계를 보여 주는 지점이다.

◆ **작품의 구조**

비극으로 연속된 삶

행랑살이를 하던 황 서방은 기다리던 첫 아들을 낳자 돈을 모으기 위해 공사장으로 가지만 돈을 벌겠다는 꿈은 곧 깨지고, 아내는 가출하고 아이는 죽어 간다. 병원에 갈 돈도 없는 황 서방에게 주어진 선택지는 없다. 그저 죽어 가는 아이를 새 집주인의 눈에 안 띄게 밖에 묻는 것뿐. 아이를 안고 공사장을 나오는 황 서방의 모습은 비참할 뿐이다. 아이가 죽기를 기다리는 모습이나 죽은 아이의 시체를 묻으며 아내를 향해 분노를 터뜨리는 모습은 독자로 하여금 비애를 느끼게 한다.

◆ **작품의 감상과 수용**

가난해서 슬픈 가족

가난이 아니라면 황 서방은 가족들 곁에 남을 수 있었고, 아내는 가출하지 않았을 것이며, 아들도 죽지 않았을지 모른다. 그런데 가난으로 인한 가족 붕괴는 비단 그 시대만의 일은 아니다. 근대화·도시화가 진행되면서 급속히 진행된 가족, 마을 공동체의 해체는 오늘날까지도 이어지고 있고, 가난한 이들의 비극 역시 계속해서 이어지고 있다는 점에서 이 작품은 오늘날을 살아가는 독자들에게 진한 슬픔을 안겨 준다.

◆**작품에 반영된 현실**

가진 자와 못 가진 자의 차이

사랑하는 가족을 위해 집을 떠나 공사판을 전전하는 아버지 황 서방의 소망은 돈을 많이 버는 것이다. 그는 남의 새 집을 지어 주기 위해 자신은 집을 비운다. 그러나 그런 그에게 가진 자들은 가혹하다. 황 서방이 살던 집주인은 공사장까지 아이들을 데리고 와서 내팽개치고 가고, 공사 중인 새 집주인에게 쫓겨날 것을 두려워한 나머지 동료는 죽어 가는 아들을 집 안에 들이지 말라고 충고한다. 이처럼 이 작품에는 인심은 사라지고 오로지 돈의 가치만 남아 있는 비정한 사회상이 드러나면서 못 가진 자의 비참함이 부각된다.

◆**작품 개관**

이 작품은 의사로 성공한 아들이 농토를 팔아 병원에 투자를 하자고 아버지를 설득하는 과정에서 벌어지는 갈등을 중심으로 전개되는 이야기이다. 땅을 천지 만물의 근거이자 우리 민족의 근원으로 대하는 아버지의 모습을 통해 물질 만능주의의 세태를 비판한다.

◆**줄거리**

창섭은 어려서 의사의 오진으로 허무하게 숨진 누이 창옥을 위해 농업 학교를 가라는 아버지의 뜻을 어기고 의사가 된다. 창섭은 맹장 수술로 최고의 권위자가 되고 병원 운영에도 성공한다. 그는 고향땅을 팔아 병원을 확장하고 부모님은 서울에서 모실 결심을 하고 고향으로 내려온다. 아버지는 조상 대대로 내려온 땅을 지키고 순리대로 살 것이라며 창섭의 계획을 거절한다. 창섭이 고향에 도착했을 때 부친은 장마에 내려앉은 돌다리를 보수하고 있었다. 창섭은 돈을 벌면 더 많은 땅을 살 수 있다고도 해 보고, 소작을 주는 것은 어떻느냐는 제안도 해 보지만 아버지는 창섭의 제안을 단호히 거절한다. 아버지는 땅은 이득을 남기는 대상이 아니라며 땅을 장사하듯 사고파는 세태를 비판한다.

◆ **작가와 작품**

민족성을 지키려는 노력

이태준은 이 작품을 통해 자신이 중요하게 여기던 상고 주의를 한 편의 이야기로 만들어 냈다. 그는 옛것에 대한 무조건적 집착을 통해 우리 것을 이야기하는 것이 아니라, 우리 모두가 지켜야 할 '땅'이라는 가치를 내세워 창섭의 제안을 거절하는 아버지의 모습을 보여 준다. 또한 이러한 갈등이 부자간의 막무가내 갈등으로 이어지는 것이 아니라 창섭과 아버지가 서로를 이해하고 존중하는 모습을 통해 나타난다는 점도 결국 이태준이 말하고자 했던 상고 주의의 진정한 의의라고 볼 수 있다.

돌다리의 가치

아버지는 '돌다리'를 단순한 다리가 아닌 가족 역사의 일부로 본
다. '돌다리'는 아버지가 글을 배우러 다니던 다리이자 어머니가
시집올 때 가마 타고 건너온 다리이고, 조상의 상돌을 옮긴 다리
이면서 아버지 자신이 죽어서 건널 다리이기도 하다. 따라서 돌
다리는 과거와 현재, 미래를 연결해 주는 통로이며 아버지가 돌다
리를 고치는 것은 과거부터 전해지던 정신적인 문화가 후손에까
지 이어지기를 바라는 마음의 표현이다.

◆**작품의 감상과 수용**

돈으로 환산할 수 없는 것도 있다

일제 강점기 말에 발표된 이 작품은 물질을 중시하는 근대 사회
에 대한 이태준의 비판적 의식이 드러난 작품이다. 이태준은 창
섭 아버지의 입을 통해 '땅'이라는 만물의 근거가 되는 가치를 그
저 금전적이고 물질적인 것으로 여기는 자본주의의 가치관에 대
한 비판을 하고 있으며, 당시에 이러한 자본주의적 가치와 사상
이 팽배하던 분위기에 대해 모두가 각성할 것을 촉구한다.

정신적 가치와 물질적 가치의 혼란

이 작품은 1943년, 일제 강점기 말에 발표된 작품이다. 당시 서구적인 물질적 가치와 전통적인 정신적 가치의 충돌로 세대 간 갈등이 많이 일어났다. 이 작품은 물질적 가치와 정신적 가치의 중요성에 대한 생각이 변화하는 모습을 창섭 부자의 갈등을 통해 보여 준다. 이 시기는 일본에서 들어온 서구적 가치관으로 인해 전통적 가치관이 무너지던 때이다. 이 작품은 물질적 가치만을 따르는 사람들에 대한 비판을 '돌다리'가 가진 가족사라는 절대적 가치를 통해 이야기하고, 정신적 가치에 대한 중요성을 강조한다는 점에서 의의가 있다.